AF202808

Tucholsky Wagner Zola Scott Sydow Freud Schlegel
Turgenev Wallace Fonatne
Twain Walther von der Vogelweide Fouqué Friedrich II. von Preußen
Weber Freiligrath
Kant Ernst Frey
Fechner Fichte Weiße Rose von Fallersleben Richthofen Frommel
Hölderlin
Fehrs Engels Fielding Eichendorff Tacitus Dumas
Faber Flaubert
Eliasberg Ebner Eschenbach
Feuerbach Maximilian I. von Habsburg Fock Zweig
Ewald Eliot Vergil
Goethe Elisabeth von Österreich London
Mendelssohn Balzac Shakespeare Dostojewski Ganghofer
Trackl Lichtenberg Rathenau Doyle Gjellerup
Stevenson Hambruch
Mommsen Tolstoi Lenz Hanrieder Droste-Hülshoff
Thoma
Dach Verne von Arnim Hägele Hauff Humboldt
Reuter Rousseau Hagen Hauptmann
Karrillon Garschin Gautier
Defoe Baudelaire
Damaschke Descartes Hebbel
Hegel Kussmaul Herder
Wolfram von Eschenbach Dickens Schopenhauer
Bronner Darwin Melville Grimm Jerome Rilke George
Campe Horváth Aristoteles Bebel Proust
Bismarck Vigny Barlach Voltaire Federer Herodot
Gengenbach Heine
Storm Casanova Tersteegen Gilm Grillparzer Georgy
Lessing Langbein
Chamberlain Gryphius
Brentano Lafontaine
Strachwitz Claudius Schiller Kralik Iffland Sokrates
Bellamy Schilling
Katharina II. von Rußland Gerstäcker Raabe Gibbon Tschechow
Löns Hesse Hoffmann Gogol Wilde Gleim Vulpius
Luther Heym Hofmannsthal Klee Hölty Morgenstern
Roth Goedicke
Heyse Klopstock Kleist
Luxemburg Puschkin Homer Mörike
La Roche Horaz Musil
Machiavelli Kierkegaard Kraft Kraus
Navarra Aurel Musset
Lamprecht Kind Kirchhoff Hugo Moltke
Nestroy Marie de France
Laotse Ipsen Liebknecht
Nietzsche Nansen Ringelnatz
Marx Lassalle Gorki Klett Leibniz
von Ossietzky May vom Stein Lawrence Irving
Petalozzi Knigge
Platon Kafka
Sachs Pückler Michelangelo Kock
Poe Liebermann Korolenko
de Sade Praetorius Mistral Zetkin

Freuden des jungen Werthers - Leiden und Freuden Werthers des Mannes

Friedrich Nicolai

Impressum

Autor: Friedrich Nicolai
Umschlagkonzept: toepferschumann, Berlin

Verlag: tradition GmbH, Hamburg
ISBN: 978-3-8495-2879-9
Printed in Germany

Text der Originalausgabe

Christoph Friedrich Nicolai

Freuden des jungen Werthers

Eine Parodie

Freuden des jungen Werthers und Leiden
und Freuden Werthers des Mannes

Voran und zuletzt ein Gespräch

Personen: Hanns, ein Jüngling
Martin, ein Mann

»Die Leiden des jungen Werthers«, sagte Hanns, »das ist, der Henker hol's, ein Buch, das dringt dir durch Mark und Bein, jede Ader schwillt dir, und das Gehirn funkelt dir, daß du gleich auf möchtest ...«

»Ja freilich, das ist so ein Buch«, sagte Martin, »wer's geschrieben hat, kann sich ruhig aufs Haupt legen und braucht nicht zu fürchten, daß über hundert Jahre ein belesener Tölpel davon sagt: Das ist ein rares Buch, ihr Leute, seit neunundneunzig Jahren hat kein Mensch davon was gehört und gesehen.«

Hanns war einundzwanzig Jahre alt und Martin zweiundvierzig.

Hanns fuhr fort: »Was das für ein Junge war, der Werther! Gut, edel, stark. Und wie sie ihn verkannt haben! Da kamen die Schmeißfliegen, setzten sich auf ihn, beschmutzten alles, was er tat. Und auch Albert, sein Freund, verkannte ihn, konnte eifersüchtig werden! Ach, was hat der Albert nicht auf sich! Ich möchte nicht Albert sein, um aller Welt Güter nicht.«

Martin: »Du nicht Albert? Hör, Hanns, du tätest einen großen Sprung, wenn du Albert würdest. War Albert nicht der redlichste, unbescholtenste, nützlichste Mann, der Lotten von ganzer Seele liebte? Sollte er etwa ganz geruhig zusehen, daß ein andrer bei seiner Frau den sterblich Verliebten spielte, ihr den Kopf umdrehte und sie in der Leute Mäuler brächte? Was hat denn wohl Albert getan, warum du nicht Albert sein möchtest?«

Hanns: »Es ist ja ein Greuel! Hast du nicht gelesen, wie er eifersüchtig war? Hatte Werther nicht auch einen Kopf? Und gab ihm das schwarze Blut nicht gar ein, daß er Alberten ermorden wollte und Lotten dazu? Darf Werther alles und Albert nichts? Das wollte Werther selbst nicht. Nein, Hanns, dein Held mag Werther sein, mein Held ist der Autor.«

Hanns: »Da sieht man's: du bist ein alter, kalter, weiser Kerl, der mit Werthern und mit seinen Leiden nicht sympathisieren kann. Du liebst den jungen, braven Burschen voll Feuer und Leben nicht und willst einen steifen, trockenen Aktenkrämer wie Albert loben.«

Martin: »Also bin ich kalt? Habe ich dir nicht gesagt, daß ich den Autor bewundere? Und da sollte ich nicht Werthers Charakter bewundern, der des Autors Meisterstück ist? Wer kann diesem feurigen edlen Charakter Bewunderung und Liebe und seinem Schicksal, zumal wenn's so meisterhaft erzählt, so lebhaft dargestellt wird, seine Tränen versagen? Meinst du nicht, daß sich mir das Blut im innersten Herzen bewegt hat, als ich las: ›Er pflückte Blumen am Wege, fügte sie sehr sorgfältig in einen Strauß und – warf sie in den vorüberfließenden Strom und sah ihnen nach, wie sie leise herunterwallten.‹«

Hanns: »Wenn du denn Werthern liebst, siehst du nicht, wie gut es wäre, wir wären alle so wie Werther, unserer Kräfte uns bewußt, und wir brauchten unsre Kräfte, soweit es ging, und keiner ließe sich durch Gesetz und Wohlstand modeln?«

Martin: »Schau, Hanns, dazu hat, wenn ich's recht sehe, der Autor die ›Leiden des jungen Werthers‹ nicht geschrieben, dir und deinesgleichen nicht! Er kennt euch besser, euch junge Burschen (Hanns, du bist auch einer davon!), die ihr eben flügge seid und anfangt, aus der hohen Schule in die Welt zu gucken. Euch Kerlchen ist nichts recht. Alles wißt ihr besser. Was der Welt nützt, möchtet ihr nicht lernen, denn es wäre Brotwissenschaft. Eingeführter guter Ordnung wollt ihr euch nicht fügen, denn das wäre Einschränkung. Was andre tun, möchtet ihr nicht, wollt Originale sein, wollt es anders haben; es ist lange genug so gewesen. Was kümmern euch Gesetze und Ordnungen und Staaten und Reiche und Könige und Fürsten. Prätorianische Garden wollt ihr haben und ein bißchen Faustrecht und Keulen und Völkerwanderungen. Da wäre noch Selbständigkeit in den Menschen, da ginge es doch fein kunterbunt zu. Sa, sa, wär's nicht ein Leben, wenn ihr dann so zusehen könntet, wie das alles passiert, und ließet eure winzigen Seelchen drob erschüttern und könntet schreien: He, da ist Kraft und Tat! Ja, zusehen und drob schreien würdet ihr Bürschchen, und nichts weiter. Denn was auch in der Welt vorginge: Ihr tätet's nicht! Es ist doch in euern lappigen Mäuslein keine Schnellkraft, noch Festigkeit in euern leeren Geistern. Ihr plaudert da viel von Kraft und Stetigkeit und seid arme lässige, herumtrollende Flittchen. Ihr habt ein weidlich Geschwätz von Einschränkung und Modelung und Polierung und Nachahmung und gäbt doch nicht ein Polsterchen von eurem Sorgenstuhl oder ein Schleifchen von eurem Haarbeutel weg, damit es anders würde. Euch Püppchen würde es auch frommen, wenn das Faustrecht gälte: ihr müßtet dann aus dem Lande laufen. Daß ihr Springinsfelde Werther würdet, damit hat es nicht not, dazu habt ihr das Zeug nicht. Aber wohl könnt ihr am guten Werther von weitem sehen, wohin es führen muß, wenn einer auch beim besten Kopfe und beim edelsten Herzen immer allein für sich sein, immer Kräfte anstrengen und immer dabei außerm Gleise ziehen will. Wenn dabei Kraft und Stetigkeit in der Seele ist (ist die aber nicht da, so ist's eitel lächerlich), und ein Unglück stemmt sich darwider, wo will da Trost oder Entschluß herkommen, muß da nicht, wie der Autor vortrefflich sagt: ›... die ganz in sich gedrängte sich selbst ermangelnde und unaufhaltsam hinabstürzende Kreatur in den innern Tiefen ihrer vergebens aufarbeitenden Kräfte knirschen?‹ Das würde euch nicht frommen, ihr Füllen, die ihr Rosse wollt sein, ehe es Zeit ist! Zieht denn nur ruhig am Seil, an das ihr gespannt seid, und laßt euch füttern, und wähnt nicht, daß es euch im Walde besser wäre.«

Hanns: »Hast du ausgeredet, Prediger? Dir deucht's wohl, jeder ginge geblendet im Zirkel wie ein Roß in der Mühle und dächte nicht: Auf und davon, jenseits ist Licht und ein freier Sprung? So dachte Werther und ließ die Welt, als es nicht mehr ging. War's nicht ein großer Streich, he?«

Martin: »Ein großer Streich? Wenn du den tätest, Hanns, ich sagte, du hättest dich übertroffen.«

Hanns: »Geh! Du hast nur eine halbe Seele. Es lodert nur ein schwaches Fünkchen himmlischen Feuers in deiner engen Brust. Du spottest über Edeltat! ›Daß ich diesen Kerker verlassen kann, wenn ich will‹, ist's nicht ein süßes Gefühl von Freiheit? Kannst du's leugnen?«

Martin: »Wäre der Körper der Seele ein Kerker und nicht ein nötiges Werkzeug, so möcht's drum sein, aber ...«

Hanns: »Aber, Mensch! Du bist kalt wie ein Stein. Mußt du nicht Werthern bedauern, inniglich im Herzen bedauern?«

Martin: »Bedauern? Ja. Lieben und bedauern! Wo so viele edle Kräfte, bloß zur unruhigen Lässigkeit verwendet, ungenutzt vermodern, wo einer, der so viele wichtige Zwecke sehen und erfüllen konnte, tobender endloser Leidenschaft folgt, bis Natur unter Anstrengung erliegt: wer will da nicht bedauern! Aber bloß bedauern? Was meinst du: wenn Werther den Menschen im schlechten grünen Rocke, der zwischen den Felsen Blumen suchte, anstatt der Blumen mit der Pistole in der Hand gefunden hätte, wie er sich eben die Mündung übers rechte Auge an die Stirn drückte, hätte er da ruhig warten sollen, bis der Schuß geschehen wäre, hernach die Achseln zucken und sagen: ›Der Mensch hat das Maß seines Leidens nicht ausdauern können‹?«

Hanns: »Ei, nun freilich ...«

Martin: »Ei, nun freilich! Was Werther einem andern schuldig war, war er's nicht vielmehr sich selbst schuldig?«

Hanns: »Steht er nicht da und spricht weise wie ein Buch? Als wenn Werther beim Sturme seiner Leiden so vorsichtig hätte handeln können! Da stirbt einer am hitzigen Fieber! Sagst du, Mensch, nicht auch wie Lukas in der Komödie: Warum hat er sich doch nicht kurieren lassen! Hätte der Tor nicht warten können? Er starb zu schnell!«

Martin: »Gut, daß du gestehst, daß der Mensch, der seinen Körper zerstören will, sich in einem ebenso unnatürlichen Zustand befindet wie einer, der ein hitziges Fieber hat. Aber ich sage dem Kranken doch nicht: Warte, ehe du stirbst, bis sich deine Säfte verbessert, deine Kräfte erholt haben. Ich sage: Freund, du liegst in einer engen Stube voll fauler Dünste; öffne das Fenster, draußen ist des lieben Gottes reine Luft, die alle Kreaturen erquickt; trink einen Julep, der dein Blut abkühlt; nimm einen Chinatrank, der Fäulnis hindert und Kraft gibt. Dies war Werther auch sich selbst schuldig. Die ganze Welt lag ja vor ihm. Und war er, der Edelsten einer, der Welt nichts zu leisten schuldig? Warum wollte er einzeln sein? Wenn ihn Menschen haben mochten, sich an ihn hängten, deren Weg nur so eine kleine Strecke mit seinem ging, warum schlenderte er nicht ihren Weg mit ihnen eine kleine Strecke weiter, bloß weil's Menschen, eine recht gute Art Volks waren? Er würde viel besser mit sich gestanden haben. Die vielerlei Menschen, die allerlei neuen Gestalten, die dem in sich und in seine Leidenschaften eingeschlossenen gleichgültigen Werther sonst nur ein buntes Marionettenspiel machten, würden ein heilsames Kühlungs- und Stärkungsmittel geworden sein, wenn er teilgenommen und bedacht hätte: Sie sind ja was ich bin, Menschen. Die Kräfte, die in ihm ungenutzt ruhten: hätte er sie entwickelt und gebraucht, so würde ihm in Kürze die Welt wenigstens so gefallen haben wie der kleine Knabe, den er ungeachtet seines Rotznäschens küßte. Und die Welt würde ihm die Hand geboten haben wie das freimütige Kind.«

Hanns: »Das ist alles schön und gut, aber es war mit Werthern zu weit, es konnte nun nicht anders werden, mußte notwendig so kommen.«

Martin: »Versteh mich! Wenn du Werthern betrachtest wie den Ton in der Hand des Töpfers, wie einen Charakter in der Hand des Dichters, so mußte es so kommen. Der Autor hat freilich mit seltener Kenntnis alle Züge dieses schwärmerischen Charakters so zusammengesetzt, mit bewundernswürdiger Feinheit alle Begebenheiten, auch die kleinsten, so eingeleitet, daß die schreckliche Katastrophe natürlich erfolgt, die uns das herbe Ach! auspressen soll. Stellst du dir aber Werthern vor als einen Menschen, der in der Gesellschaft lebt, so hat er unrecht, daß er einzeln sein und die Menschen um sich als Fremde ansehen wollte. Er hatte, seit er an der Mutter Brust lag, die Wohltaten der Gesellschaft genossen, er war ihr dagegen Pflichten schuldig. Sich ihnen entziehen war Undank und Laster; sie ausüben würde Tugend und Beruhigung gewesen sein. Selbst nachdem er schon die hoffnungslosen Todesbriefe geschrieben hatte, selbst da noch (hätte er gedacht, daß er noch Sohn, Bürger, Vater, Freund sein könnte, sein müßte) konnte noch Trost und Zufriedenheit von vielen Seiten her auf seine bedrängte Seele fließen, wenn er nicht mit einem Stoße die Tür zuwarf.«

Hanns: »Ich wüßte wahrlich nicht, wie Werther da noch glücklich hätte werden können; war ja seines Leidens kein Ende zu finden.«

Martin: »Wollen's mal sehen. Die geringste Veränderung tut's wohl: gibt Freuden, Leiden, wieder Freuden und allerlei. Setze z. B. den einzigen kleinen Umstand: als Albert, des lange verschobenen Geschäfts wegen, wegritt und Werther Lotten zuletzt besuchte, waren Albert und Lotte noch nicht verheiratet, nur so gut als verlobt; die Hochzeit sollte in Weihnachten sein. Du siehst, ich denk mir's so, weil die Szene um Worms liegt, wo man sich nicht so leicht scheiden kann wie in Brandenburg. Wär's da, änderte ich auch dies nicht. Lotte mag in einem Hause mit Albert wohnen oder dicht daneben bei ihrer Tante oder bei wem du sonst willst. Albert ist wiedergekommen, hat gehört, daß Werther seine Zeit wohl nahm und gestern eine Stunde da war.

Und nun ...«

Freuden des jungen Werthers

Als Albert aus seinem Zimmer zurückkam, wo er mehr hin und her gegangen war und sich gesammelt, als seine Pakete durchgesehen hatte, kam er wieder zu Lotten und fragte lächelnd:

»Und was wollte Werther? Sie wußten ja so gewiß, daß er vor Weihnachtsabends nicht wiederkommen würde!«

Nach Hin- und Widerreden gestand Lotte, aufrichtig wie ein edles deutsches Mädchen, den ganzen Vorgang des gestrigen Abends. Indem sie's aber gesagt hatte, bangte sie auch schon, sie möchte, aus Unkunde zu lügen, ihm Wermut gereicht haben.

»Nein«, sagte Albert sehr ruhig: »Sie haben Balsam in meine Seele gegossen. Sie verleugnen auch hierin Ihr edles Herz nicht. Aber ein wenig unüberlegt haben Sie gehandelt, meine liebe Lotte. Sie hatten ihm, wie ich merke, ein Versprechen abgezwungen, daß er vor Weihnachtsabends nicht wiederkommen wollte. Sie wollten mich dadurch beruhigen, weil Sie wußten, daß ich verreisen mußte, weil Sie, liebste Lotte, meine Eifersucht gemerkt hatten, die ich gern vor mir selbst verborgen hätte. Ich danke Ihnen dafür.« (Er küßte ihr die Hand.) »Aber da nun Werther wider sein Versprechen sich eindrang, so hätten Sie sich nicht so vertraulich mit ihm aufs Kanapee setzen und unter vier Augen in Büchern lesen sollen. Sie verließen sich auf die Reinheit Ihres Herzens. Dies ist für ein Mädchen ein sehr edles Bewußtsein. Aber da denkt der beste Kerl nicht dran, zumal wenn die Liebe Hindernisse findet und die Zeit kostbar ist. O Weiber! Macht's dem besten Buben weis, daß er euch ein Versprechen ungestraft brechen darf, und er wird mehrere brechen wollen. So haben Sie's, liebste Lotte, ohn's zu denken, selbst so eingeleitet, daß Sie sich ins Kabinett verschließen mußten. – Die Szene war wirklich stark!«

Lotte weinte bitterlich.

Albert nahm sie bei der Hand und sagte sehr ernsthaft: »Beruhigen Sie sich, liebstes Kind. Sie lieben den Jungen, er ist's wert, daß Sie ihn lieben, Sie haben's ihm gesagt mit dem Munde oder mit den Augen; 's ist einerlei.«

Lotte fiel ihm schluchzend in die Rede, beteuerte, daß sie ihn nicht liebe, daß er vielmehr nach der letzten Szene ihren Haß verdiene, daß sie ihn verabscheue.

»Verabscheuen? Das ist etwas, liebstes Lottchen, das lautet so, als ob Sie ihn noch liebten. Hätten Sie ganz gelassen gesagt, der Bursche wäre Ihnen gleichgültig, so hätte ich ganz still geschwiegen, so hätte ich Ihnen nicht gesagt, daß ich wechselseitige Liebe nicht stören will, daß ich alle Ansprüche ...«

»Großer Gott!« rief Lotte laut schluchzend, indem sie sich das Gesicht mit dem Schnupftuche bedeckte, »wie können Sie meiner so grausam spotten! Bin ich nicht Ihre Verlobte? Ja, er soll mir sein, was Sie wollen, gleichgültig, verabscheuungswürdig, so gleichgültig als ...«

»Als ich selbst?« rief Albert. »Das wäre für mich gut, aber nicht für ihn. Für mich wäre unter diesen Umständen ...«

Indem kam der Knabe, der Werthers Zettelchen brachte, worin er Alberten um die Pistolen bat.

Albert las den Zettel. Murmelte vor sich: »Der Querkopf!«, ging in sein Zimmer, ergriff die Pistolen, lud sie selbst und gab sie dem Knaben. »Da, bring sie«, sagte er, »deinem Herrn! Sage ihm, er soll sich wohl damit in acht nehmen, sie wären geladen. Und ich ließe ihm eine glückliche Reise wünschen.«

Lotte staunte. Albert erklärte ihr nun weitläufig, er gebe nach reifer Überlegung alle Ansprüche an sie auf. Er wollte eine zärtliche wechselseitige Liebe nicht stören. Er wolle sie beide und sich selbst nicht unglücklich machen. Aber er wolle ihr Freund bleiben. Er wolle selbst Werthers wegen sogleich an ihren Vater schreiben, das solle sie auch tun und Werthern eher nichts sagen, bis sie Antwort erhalten habe.

Lotte, nach vielen Umschweifen, nach vieler weiblichen Zurückhaltung, gestand ihre herzliche Liebe zu Werthern, nahm Alberts Vorschlag dankbar an und ging in ihr Zimmer, um zu schreiben.

Im Weggehen kehrte sie noch um und äußert' eine ängstliche Besorgnis wegen der Pistolen.

»Seien Sie ruhig, Kind! Wer sich von seinem Nebenbuhler Pistolen fordert, erschießt sich nicht. Und wenn er allenfalls ...«

So schieden sie voneinander.

Werther erhielt indessen die Pistolen, setzte eine vor den Kopf, drückte los, fiel zurück auf den Boden. Die Nachbarn liefen zu, und weil man noch Leben an ihm verspürte, ward er auf sein Bette gelegt.

Indessen wurden Werthers zwei letzte Briefe an Lotten und der Brief an Alberten dem letztern gebracht, und zugleich erscholl die Nachricht von Werthers trauriger Tat. Albert ließ dieselbe vor Lotten verbergen, las die sämtlichen Briefe und ging ungesäumt nach Werthers Wohnung.

Er fand ihn auf dem Bette liegend, das Gesicht und das Kleid mit Blut bedeckt. Er hatte eine Art von Konvulsion gehabt, und nun lag er ruhig mit stillem Röcheln.

Die Umstehenden traten weg und ließen beide allein. Werther hob die Hand ein wenig empor und bot sie Alberten. »Nun triumphiere«, sagt' er, »ich bin nun aus deinem Wege!«

»Ich komme nicht, zu triumphieren«, sprach Albert ruhig, »sondern dich zu bedauern und, wenn's möglich ist, dich zu trösten. Aber du bist rasch gewesen, Werther.«

Werther stieß, für einen so Hartverwundeten beinahe mit zu heftiger Stimme, viel unzusammenhängendes garstiges Gewäsche aus, zum Lobe des süßen Gefühls der Freiheit, diesen Kerker zu verlassen, wann man will.

Albert: »Dies ist, lieber Werther, ebenso wie die Freiheit, dies Glas zu zerbrechen, eine Freiheit, der man sich nicht bedienen muß, weil sie nicht nützt, sondern schadet.«

Werther: »Hebe dich von mir, vernünftiger Mensch! Du bist zu kaltblütig, so einen Entschluß auch nur von fern zu denken!«

Albert: »Ja freilich, so kaltblütig bin ich, und dabei ist mir recht wohl zumute! Meinst etwa, 's wäre 'n edler, großer Entschluß? Bild'st dir ein, 's wäre Kraft und Tat drin? Geh! Bist 'n weichlicher Zärtling. Kannst aus der Mutter Natur Schublade, wenn's dir einfällt, nicht eben Zuckerwerk genug naschen, so willst gleich aus 'r Haut fahren, denkst, sie gibt dir nie wieder Zucker.«

Werther: »O des weisen Vernünftlers! Und doch weißt du's, Mensch: es war keine Hilfe da! Ich konnte nicht besitzen, was ich liebte. Und nun« (Er schlug die Hand übers Gesicht.), »was kümmert mich Welt und Natur.«

Albert: »Armer Tor, der du alles so geringachtest, weil du so klein bist! Konntest nicht? 's war keine Hilfe da? Könnt' nicht ich, der ich dich liebe, weil du ein braver Junge bist, dir Lotten abtreten. Faß Mut, Werther! Ich will's noch itzt tun.«

Werther richtete sich halb auf: »Wie? Was? Du könntest, du wolltest? Schweig, Unglücklicher! Deine Arznei ist Gift. Denn was hülf's?« (Er sank wieder zurück.) »Nein! 's ist auch nichts. Du bist ein Boshafter. Wer kalt ist, ist boshaft. Hast dir's abstrahiert, wie du mich bis aufs Ende quälen willst.«

Albert: »Guter Werther, bist 'n Tor! Wenn doch kalte Abstraktion nicht klüger wäre als versengte Einbildung. Da, laß dir's Blut abwischen. Sah ich nicht, daß du 'n Querkopf warst und würd'st deinen bösen Willen haben wollen? Da lud ich dir die Pistolen mit 'ner Blase voll Blut. Es ist von 'nem Huhn, das du heute abend mit Lotten verzehren sollst.«

Werther sprang auf: »Seeligkeit – Wonne – usw.«

Er umarmte Alberten. Er wollte es noch kaum glauben, daß sein Freund so großmütig gegen ihn handeln könne.

Albert sagte: »Sprich nicht von Großmut; ein bißchen kalte Vernunft tut's meiste, und den Rest tut's, daß ich 'n Jungen liebe wie du, in dem 's liegt, noch viel zu schaffen. Das Ding mit dir und Lotten hat mir schon lang gewurmt, 's gefiel mir schon nicht, als du in dem geschlossenen Plätzchen hinter den hohen Buchenwänden dich zu ihren Füßen warfst; so unbefangen du dabei schienst, so war's doch ein so romantisch-feierliches Ding, das 'nem Bräutigam nicht in' Kopf will. Darüber habe ich denn allerlei hin und her gedacht. Du wirst dich noch erinnern, wie sich Unmut und Unwillen aneinander vermehrten, als du am Sonntage so ungebeten dableiben wolltest. Dem sann ich auch nach und machte mir die leidige Abstraktion, daß meine Braut dich liebte. Du hältst mich für kalt,

Werther, und ich bin's auch, wenn's Zeit ist, aber so warm bin ich doch, daß ich herzlich liebe und herzliche Gegenliebe verlange. Ich sah also, ich konnte mit Lotten nicht glücklich sein. Mein Entschluß war schon unterwegs gefaßt, euch glücklich zu machen, weil ich selbst nicht glücklich sein konnte. Nun kam noch die gestrige Szene dazu. Lotte hat sie mir erzählt! Hör, Werther, 's ist 'ne starke Szene! Und ich hab' auch dein'n Brief an Lotten drüber, gelesen. Hör, Werther, 's Ding 'st nu so, so!«

Werther rief: »Was meinst du? Meine Liebe ist rein wie die Sonne. Lotte ist ein Engel, vor dem alle Begierden schweigen.«

Albert sagte: »Ich glaub's ja! Aber hör, Werther, hätt'st 's auch wohl schreiben können, in dem letzten Briefe, worauf du sterben wolltest.«

Und so gingen sie zum Abendessen.

In wenigen Monaten ward Werthers und Lottens Hochzeit vollzogen. Ihre ganzen Tage waren Liebe, warm und heiter wie die Frühlingstage, in denen sie lebten. Sie lasen auch noch zusammen Ossians Gedichte, aber nicht Selmas Gesang oder den traurigen Tod der schönäugigen Dar-Thula, sondern ein wonniglich Minnelied von der Liebe der reizenden Colna-Dona, »deren Augen rollende Sterne waren, ihre Arme weiß wie Schaum des Stroms und deren Brust sich sanft hob wie eine Welle aus dem ruhigen Meere«.

Nach zehn Monaten war die Geburt eines Sohns die Losung unaussprechlicher Freude.

Leiden Werthers des Mannes

Die Geburt war sehr beschwerlich gewesen, ließ empfindliche Nachwehen nach sich, die Lotten an den Rand des Grabes brachten. Werther war für Schmerz außer sich. Dies war aber nicht der selbstsüchtige Schmerz eines Menschen, der sich vernichten will, weil er Unmögliches wünscht und nicht erlangen kann, es war der gesellige Schmerz, der Mitleid zum Grunde hat, der Trost geben und empfangen will.

Lotte, eine zärtliche Mutter, konnte bei ihrer Schwäche ihr Kind nicht säugen. Eine Amme ward geholt. Ein Ungeheuer, durch viehische Lust mit verborgner Pest angesteckt, vergiftete den zarten Säugling, und der Unschuldige vergiftete unwissend die Mutter, die ihn mütterlich liebkosete.

Als Werther vom Arzte die schreckliche Wahrheit vernahm, stieß er sein Haupt gegen den Erdboden und rief:»Gott! Wozu hast du mich aufbehalten! Ehemals glaubt' ich, der Schmerz, Lotten nicht zu erhalten, wäre der größte und für menschliche Natur zu ertragen zu stark!«

»Und diesen stärkern Schmerz kannst du ertragen!« sprach Albert;»Freund! Du warst ein Weichling, bist nun ein Mann worden! Geselligkeit, sonst von dir verachtet, gibt auch Kraft. Du dünktest dich einzeln, als du den Hahn losdrücktest, uneingedenk, daß du deiner Mutter das Herz brachst.«

Lotte ward durch eine langwierige und schmerzhafte Kur kaum dem Tode entrissen; das Kind war nicht zu retten.

Auch diesen Schmerz ertrug Werther, zum Schmerze gewöhnt; nun aber sollte er auch Gram und Sorgen ertragen lernen. Väterlich Erbteil war gering, gewirtschaftet hatte er nie. Seine Mutter war erschöpft; von ihr zu verlangen, konnte er nicht über sich bringen. Die Krankheit seiner Frau brachte Mangel herbei.

Werther mußte also ein Amt annehmen, und wohl war's ihm, daß Albert ihm eins schaffte und Anleitung gab, wie's zu treiben war. Ob ein Bindwörtchen mehr da war' oder eine Inversion weniger, mußte ihn itzt nicht kümmern. Nun galt's, daß er sich nach andern bequemte, andere nicht nach ihm. Auch fand er, bewährt, was er schon wußte, daß zum Lavieren Kraft gehöre wie zum Segeln und daß man oft weiter käme. Auch sah er, was er sonst nicht wußte, daß mehr Stärke des Geistes dazu gehöre, bürgerliche unvermeidliche Verhältnisse zu ertragen, als, wenn tobende endlose Leidenschaft ruft, einen jähen Berg (ohne Absicht) zu klettern, durch einten unwegsamen Wald, einen Pfad (der zu nichts führt), durchzuarbeiten durch Dorn und Hecken. Doch tat's weh dem, der mit belebender Kraft Welten um sich schaffen möchte, daß er finden sollte, er sei ein Geschöpf. Dies schnitt ins Herz und machte gute Laune seltner.

Lotte nahm's hoch auf, daß er so mißmutig war, und wollte, daß ihm's Herz sollte aufgehen wie sonst, wenn er in ihre schönen Augen sah, und dachte nicht, daß sich untern schönen Augen itzt wohl ein feines Naschen rümpfte wie sonst nicht. Werther mußte oft Geschäfte wegen verreisen, auf seiner Arbeitsstube den Tag versitzen, und dann ging er wohl weg, weil er Ärger hatte, der seine Frau nicht kränken sollte.

Lotte, sonst ein gutes Weib, die ihn aber nicht durchsah, schmollte, weil er nicht bei ihr war, und drohte aus verliebtem Verdruß: »Traun, Werther, willst du mir nicht fleißiger Gesellschaft halten, such' ich sie mir wohl sonst.«

Es war da ein junges Kerlchen, leicht und lüftig, hatte allerlei gelesen, schwätzte drob kreuz und quer und plauderte viel, neust aufgebrachtermaßen, vom ersten Wurfe, von Volksliedern und von historischen Schauspielen, zwanzig Jährchen lang, jedes in drei Minuten zusammengedruckt wie ein klein Teufelchen im Pandämonium. Schimpfte auch alleweil auf den Batteu; Werther selbst konnt's schier nicht besser. Sonst konnte der Fratz bei hundert Ellen nicht an Werthern reichen, hatte keine Grütze im Kopf und kein Mark in den Beinen. Sprang ums Weibsen herum, fispelte hier, faselte da, streichelte dort, gab's Pfötchen, holte den Fächer, schenkte ein Büchschen, und so gesellte er sich auch zu Lotten.

Nun hatt's wohl keine Not, daß der Laffe Lotten gefallen hätte, aber sie wollte Werthern weh tun, daß er ihr hofieren sollte wie sonst, daß doch nicht mehr Zeit war. Und das Kerlchen ward dreist und dachte, er hätte Lotten, und Werther griesgramte, daß Lottchen solch einen Lumpen litt; so hatten sie Worte, und Lotte ließ nicht ab, und sie neckten sich so fort, bis das Übel ärger ward, und sie schieden sich von Tisch und Bette, Lotte zog zu ihrem Vater.

Lotte weinte Tag und Nacht, liebte Werthern in der Seele und wollte doch nicht unrecht gehabt haben. Werther schlug sich mit der Faust wider die Stirn; »Hui!« schrie er, »unbeschreiblich fressender ist der Gram weder je sonst einer! Ich habe Lotten und soll sagen, sie liebt mich nicht, besser war's, da sie mich liebte und ich hatte sie nicht.«

Freuden Werthers des Mannes

Albert war in Geschäften seines Fürsten acht Monden in Wien gewesen und kam zurück, kurz drauf, als Werther und Lotte sich getrennt hatten.

Er traf Werthern mit dem Gesicht auf demselben Kanapee liegen worauf er ehemals mit Lotten den Ossian las.

»Und nun? Wie ist's mit deiner Frau?« sagte Albert.

»Ha!« rief Werther, als er ihn sah, »es ist mit den Weibsen nichts; alle sind falsch, wankelmütig!«, und biß sich die Nägel.

Albert: »Nur wieder fein mit dem Kopf durch die Wand, Werther! Als wenn's nicht von dir selbst käme! Du bist ein Tor, Werther, und hast die arme Lotte auch betört. Ich habe sie gekannt, ein gutes Landmädchen, lustig und fromm, konnte kleine Spiele spielen, konnte frohen Muts tanzen, aber auch den Kindern Brot schneiden, liebte herzlich häusliches Leben, ob's gleich wußte, daß es kein Paradies, aber doch im ganzen eine Quelle unsäglicher Glückseligkeit ist. Da liebte ich das Mädchen und wollte sie haben; denn solche Frau brauchte ich. Drauf kamst du und stimmtest die Weise viele Töne höher: da sollte es lauter innige Empfindung sein, lauter starke Anspannung, keine Einschränkung, keine Überlegung, wir hielten das Herzchen wie ein krankes Kind, gestatteten ihm all seinen Willen, lebten immer in der Zukunft, wo ein großes dämmerndes Ganze vor unserer Seele ruhte, wo wir unser ganzes Wesen hingeben mochten, uns mit der Wonne eines einzigen großen herrlichen Gefühls ausfüllen zu lassen. Dies verschluckte das weibliche zärtliche Geschöpf begierig und hielt sich am glücklichsten, wenn es im freundlichen Wahne so hintaumeln konnte. Jawohl, guter Werther, wäre der Wahn besser als die Wahrheit, wenn er nur nicht aufhören müßte. Nun hat er bei dir aufgehört, das gute Weibchen taumelt noch drin fort, und du wunderst dich, daß ihr nicht zusammenkommen könnt? Hohe, überschweifende Empfindung, lieber Werther, steht gut im Gedicht, aber macht schlechte Haushaltung. Feiner junger Herr! Lieben ist menschlich, nur müßt ihr menschlich lieben; berechnet euer Vermögen, zu lieben, und haltet die güldne Mittelstraße, sonst wenn ihr das Mädchen gierig macht, so wird sie mitten im Genüsse darben! Wer hätte dir das vor zwei Jahren sagen dürfen, und doch ist's itzt nicht anders.«

Werther: »Geh zum Teufel mit deinen Unbedeutenden Gemeinsprüchen!«

Albert: »Wenn sie nicht wahr wären, schickte ich sie auch dahin.«

Albert reisete zu Lotten; die weinte bitterlich und rief: »Alle Mannsen sind treulos, hätte ich je gedacht, daß mich Werther verlassen könnte?«

»Gutes Kind«, sagte Albert, »denke, ob du nicht auch dran schuld bist. Werther wollte keinen Geelschnabel um dich leiden; weißt du noch, ob's mir auch behaglich war, da Werther so um dich buhlte? Und doch war Werther ein ehrlicher guter Kerl, und dein Lecker ist ein Popanz. Du hast unrecht gehabt, Lottchen! Necken geht wider den Mann, und gerümpfte Nase bringt nicht verlorne Liebe zurück. War's nicht besser, du liebtest Werthern wie zuvor und er dich auch? Liebst du ihn noch?«

Lottchen weinte abermals bitterlich: »Ob ich ihn liebe? Gott!«

Albert holte Werthern auf den Jagdhof; der alte Amtmann hieß Werthern kurz und lang; Lotte weinte und entschuldigte ihn. Werther umarmte Lotten, und sie reiseten völlig versöhnt zurück.

Izt, durch kleine Übereilungen vorsichtiger gemacht, genossen sie in reichem Maße die Vergnügungen des häuslichen Lebens, die sich so tief empfinden und so wenig beschreiben lassen. Wechselseitige Liebe und Zutrauen beseligte sie. Werther hing wieder mit Gott weiß wieviel Wonne an dem Arme und Auge seiner Frau, das voll vom wahrsten Ausdrucke des offensten reinsten Vergnügens war. Er wartete seine Geschäfte ab, sie erzog ihre Kinder, und so floß ihr Leben wie ein stiller Bach dahin – ein nicht so poetisches Bild als reißende Ströme, aber deshalb Glücklichen nicht weniger angemessen.

Durch Fleiß und Sparsamkeit wurden sie nach etwa sechzehn Jahren wohlhabend. Werther konnte nun wieder des mühsamen Arbeitens entbehren, und so kaufte er sich ein kleines Bauerngütchen. Am Abhange eines Berges, mit hohen Ulmen und bejahrten Eichen besetzt, lag es. Nur ein kleines Häuschen war da, aber fruchtbare Äcker und ein Garten ums Haus, darin unter hohen Bäumen ein Brunnen wohl zwanzig Stufen tief in den Felsen gehauen, wie ihn Werther liebte. Hier ließ er sich nieder und genoß abermals die simpel harmlose Wonne eines Menschen, der ein Krauthaupt auf seinen Tisch bringt, das er selbst gezogen, und nun nicht den Kohl allein, sondern all die guten Tage, den schönen Morgen, da er ihn pflanzte, die lieblichen Abende, da er ihn begoß und da er an dem fortschreitenden Wachstume seine Freude hatte, alle in einem Augenblicke wieder mit genießt. Denn Lotte zog auf den Krautfeldern Gemüse und Wurzeln, die den unbescholtenen ländlichen Tisch füllen. Der Obstgarten war Werthers Besorgung, und die Kinder pflanzten sich Beete voll Tulpen und lieblicher Anemonen.

Das war alles gut, bis ein Kerl kam, der war in England gewesen, hatte des Herzogs von Bridgewater Kanal befahren, unterm Berg weg und über den Irwell, hatte die Gärten zu Stowe gesehn und hatte sich von *chambers* erzählen lassen, was der Kaiser von China für Gärten habe, wunderbar und schrecklich, daß es eine Lust ist. Sonst war der Kerl nicht klüger wieder gekommen, als er war weggereist, hatte aber Geld wie Heu, wollte was Originales haben, bauen einen orientalischen Garten, wo kein Orient ist; hätte er bei Dsjidda gewohnt, würde er ein Versailles angelegt haben, nach Le Nôtres Rissen. Der kaufte den Berg über Werthers Hüttchen, legte darauf große Dinge an, sonderlich und wunderlich, Schlangengänge, Abgründe, Tempel, Pagoden und Wildnisse. Als er fertig war, wollte er den Garten auch bevölkern wie der Kaiser von China, daß es recht natürlich wäre. Da schaffte er sich Hunde, die verkleidete er in Wölfe, Zypernkatzen in Tiger, Lämmer, gelb und braun gefärbt, in Leoparden und Spitzmäuse in Hermeline. Das Vieh lief über in Werthers Obstgarten und streifte sich zwischen den Bäumen die hölzernen wilden Larven ab, die ihm vorgebunden waren. Doch weil sich das noch scheuchen ließ, achtete es Werther nicht. Aber nun wollte der reiche Fratz was Großes beginnen. Er hatte jenseits des Berges einen ziemlichen Fluß, den leitete er mit Mühlen in die Höhe, daß er diesseits einen Wasserfall haben wollte, am jähen Absturz des Berges. Da frohlockte das Kerlchen, und seine Seele ward erschüttert, wie das Wasser in hohen Fluten herabbrauste, zwischen den hundertjährigen Eichen und über die Felsenstücken wegschäumte, aber ehe man's sich versah, war's in Werthers Garten,

spülte die Bäume aus, riß das kleine Gartenhäuschen um und ver-
heerte die fruchtbaren Krautfelder und die lieblichen Tulpenbeete.

Lotte raufte sich die Haare, die Kinder weinten, aber Werther war
durch Erfahrung gelassen geworden. Er staunte eine Weile und
sagte zu sich selbst:

»Der Kerl ist, traun, ein Genie, aber ich merk's wohl, ein Genie ist
ein schlechter Nachbar. Wenn's einem selbst auch wohltut, als ein
Genie zu sprechen, so tut's andern oft schier übel, wenn man als ein
Genie handelt. Der Wasserfall ist wahrlich keck, aber das kleine
Häuschen, in dem ich mit meinen Lieben mein fröhliches Butterbrot
aß, meine Krautfelder, meine Obstbäume, meine Tulpenbeete waren
gut. Sonst wohl war mir die Losung: Keckheit ohne Grenzen,
Schwingen bis in den Äther, Anspannung ohne Erschlaffung, Brauchen der Kräfte ohne Einschränkung. Alles schön! Wir wollen's
Genie auch nicht einschränken, denn der Kerl, der seinem Gecken
so Zucker gibt, ist reich und mächtig, und Klagen tut's nicht. Aber
wenn wir dem Genie aus dem Wege gehen könnten!«

Er ging zum reichen Nachbar, führte ihn an der Hand herab und
sagte ganz gelassen:

»Hier seht, Nachbar, was Euer Wasserfall in meinem Garten an-
gerichtet hat. Ich könnte Euch verklagen, aber was hilft's; wollt Ihr
mir's Gütchen abkaufen, so zieh' ich weg, und so möchtet Ihr fallen
und laufen lassen, wie's Euch deucht.

»Das ist ein Wort«, schrie der Nachbar, »ich sehe, Ihr seid ein
Kerl, der's Große liebt. Schaut, wie die Bäume mit den Wurzeln
empor liegen und wie's Dach vom Häuschen auf der Seite hängt
und die Krautköpfe drüberrollen! He! Nachbar! Natur im Garten
geht weit über die verdammte Kunst, solch eine Ansicht, hätte mir
nun keine Theorie, wie sie den Quark nennen, aussinnen können.«
Und so gab er Werthern ungefordert mehr, als sein Gütchen wert
war.

Werther nahm das Geld, dachte in sich: Es ist doch auch Natur,
wenn Wurzeln in der Erde stehen und Äpfel an den Bäumen hän-
gen. So kaufte er sich ein ander Gütchen, ein wohlgebautes Haus,
vorm Hause ein Platz mit zwo Linden, wie zu Wahlheim vor der
Kirche. Hier lebt er noch glücklich und vergnügt mit Lotten und

seinen acht Kindern. Erfahrung und kalte, gelassne Überlegung hat ihn gelehrt, ferner nicht das bißchen Übel, das das Schicksal ihm vorlege, zu wiederkäuen, dagegen aber die Wonne, die Gott über ihn ausgoß, mit ganzem, innig dankbarem Herzen aufzunehmen. Nachdenken über die Wege der Vorsehung, die kein blindes Schicksal, sondern Güte und Gerechtigkeit sind, hat seine ausgetrockneten Sinne wieder heiter gemacht, die überspannten Nerven abgespannt, ihm die Fülle des Herzens zurückgegeben, die er vormals genoß. Er kann wieder im hohen Grase am fallenden Bache liegen und näher an der Erde zwischen Halmen und tausend mannigfaltigen Gräschen die unzähligen, unergründlichen Gestalten all der Würmchen, der Mückchen näher an seinem Herzen fühlen, fühlen die Gegenwart des Allmächtigen, der uns all nach seinem Bilde schuf, das Wehen des Alliebenden, der uns in ewiger Wonne schwebend trägt und erhält. Und was noch mehr ist: er geht nicht darüber zu Grunde, erliegt nicht unter der Herrlichkeit dieser Erscheinungen; denn Lotte und seine acht Kinder, die besten Gaben, die ihm Gott gegeben hat, liegen neben ihm und fühlen gesellig, was er fühlt. Wenn je in seinem feurigen Gemüte ein Tumult aufsteigen will, so lindert ihn unverzüglich der Anblick der glücklichen Gelassenheit dieser gesunden liebenswürdigen Geschöpfe, der Abdrücke der Stärke und Edelmut des Vaters und der Munterkeit und Schönheit der Mutter. Sie haben schon wieder andere Beete gepflanzt, wo Tulpen mit Narzissen und Hyazinthen abwechseln, und durch ihre arbeitsamen Spiele werden die Krautfelder umfaßt mit Rosenhecken und Jasmingängen, das Gartenhäuschen mit duftendem Geißblatt, des Wohnhauses Mittagsseite mit Traubengeländern.

»Hm!« sagte Hanns, »hol' mich der Henker, es hätte doch auch so kommen können.«

»Ei freilich wohl!« sprach Martin, »auch noch auf hundertlei andere Art. Erschießt man sich aber einmal im Ernst, weg sind sie.«

Hanns: »Hast, traun, recht, ich schieß mich nicht!«

Zeitgenössische Schmähungen

Jakob Michael Reinhold Lenz

Briefe über die Moralität der »Leiden des jungen Werthers«

Vierter Brief

Nicolais Parodie ein Meisterstück? – Eine Schande seines Herzens und seines Kopfes! Was geht mich hier der Verfasser des »Nothankers« an, ich will's Ihnen beweisen.

Es hätte Sie zu lachen gemacht? – Mich auch, aber wie Demokriten mit Hohngelächter. Wenn man mit einer vielbedeutenden Miene die allerelendesten Plattheiten auskramt, was kann das anders erregen als Unwillen und Hohngelächter.

Der ganze Wisch ist so unwitzig, so furchtsam, so hergestottert für eine Pasquinade, die Erfindung mit der Blutblase so armselig, die Scheidungen Werthers und Lottens so wenig in ihren Charakter hineingedacht ...

Wie denn? Lotte – nach der Anlage – einem solchen Kerlchen, wie er beschreibt, Gehör geben, um Werthern wehe zu tun, der unter der Last der öffentlichen Geschäfte schmachtete? Pfui, mit welchen elenden Ideen muß der Mann von dem Buch aufgestanden sein; ich möchte um aller Welt Güter willen in dem Augenblick nicht mit seinem Herzen getauscht haben.

Soll er da vielleicht das Meisterstück bewiesen haben, da er die ganze Geschichte so schön durcheinanderzettelt, daß das Hinterste zuvorderst kommt, Szenen, die nach der Verheiratung vorgingen, vor die Verheiratung setzt und damit, möcht' ich sagen, die Seele der ganzen Rührung herauszieht und alles zur elendesten Karikatur macht? Hat der Mensch auch wohl bedacht, was für Hindernisse sich gleich anfangs der Verbindung Werthers mit Lotten entgegenstellten und wie tief und unveränderlich unvermeidlich Werther das empfinden mußte, um Werther zu werden? Das gegebene Versprechen, das öffentliche Amt Alberts, kurzum, nichts mehr und nichts weniger als die ganze Ruhe und das ganze Glück seiner Lotte selber. Und wie die anwachsende Empfindung der Unmöglichkeit, Lotten jemals zu besitzen, diese heilige moralische Empfindung der Unverletzlichkeit des ehelichen Verhältnisses, nur und allein ihn zu dem verzweifelten Entschluß hinaufschrauben konnte. Und wie alles sogleich elende jämmerliche Fratze wird, was sonst das Angesicht eines leidenden Engels war, sobald diese Bedingung wegfällt, diese unübersteiglichen Schwierigkeiten wegfallen. In der Tat ein Meisterstück eines parodierenden Pasquillanten, wenn er nur sonst Witz und Herz genug hätte, Pasquillant zu sein. So aber, da er unter der Larve eines von den Sieben Weisen erscheint und doch alle Kunstgriffe eines Pajaß gebraucht – wer kann ihn da ohne Unwillen sehen Kapriolen schneiden.

Nun aber habe ich auch gesagt, daß die Schrift seinem Herzen Schande mache. Welcher Schriftsteller, der imstande ist, den Wert eines Genies nur einigermaßen zu erkennen und zu fühlen, welcher Schriftsteller hat das Herz zu sagen: Ein Genie ist ein schlechter Nachbar. Ihm die bittere Kränkung ins Herz zu schieben, seine Schriften zeugen von vielen großen Talenten, aber sie schaden dem Publikum, und das ganz gelassen zu sagen!

Wie, wenn ich das Blatt umkehrte und ihm nicht ganz gelassen, sondern mit vieler Hitze bewiese, seine kalte und abgeschmackte Parodie habe dem Publikum (ich meine dem seinigen) in ebendem Maße geschadet, als ihm die Lesung des »Leiden des jungen Werthers« Nutzen gebracht haben würde?

Fünfter Brief

Die Darstellung eines solchen Enthusiasmus ist ansteckend und eben deswegen gefährlich. Und die Gefahr? Es könnte mehrere Lotten geben und die mehrere Werthern finden. Das menschliche Herz ist geneigt, alles nachzuahmen, was es außerordentlich bewegt hat, wie schon Cicero eingesehen hat.

Und was wird das menschliche Herz dabei verlieren? Ich bitte, lieber Freund, reden Sie nicht so quer über die Sache weg, sondern lassen Sie uns erst einen Augenblick innehalten und bedenken, wovon die Rede ist. Von dem Enthusiasmus für wirkliche Vorzüge, für weiblichen Wert. Nicht für ein schön Gesicht, nicht für einen schönen Fuß – für den Inbegriff aller sanfteren Tugenden, aller edleren geistigen sowohl als körperlichen Reize zusammengenommen, für ein Ideal – aber nicht eines wahnwitzigen Augenblicks wie die Ideale gewisser Schriftsteller, sondern einer reifen, mit der Welt und ihren Verhältnissen und Einschränkungen durchaus bekannten Überlegung, für ein Ideal, wie es jede Tochter Germaniens täglich und stündlich werden kann, ohne ein Haar von dem natürlichen Stempel ihrer Seele zu verlieren, vielmehr sich so ihrer verlernten und verkünstelten Natur allein wieder zurücknähert. Und wer wollte nicht Enthusiasmus für ein solches Mädchen haben, wer, der sich nicht auch der Tugend schämt, sich eines solchen Enthusiasmus schämen? Welcher Holzkopf diesen Enthusiasmus unter seinen Landleuten zu hindern oder zu unterdrücken suchen?

Aber in dem hohen Grade? So schwärmerisch? So romantisch feierlich? – Läßt sich die Höhe der Empfindungen denn unter Regeln bringen? Und geschieht denn jemand auf der Gotteswelt anders ein Schade dadurch als dem armen unglücklichen Schwärmer selber? Wenn es ein Werther ist, ward sein ganzer Zustand nicht warnend genug vorgestellt? Wer hätte Lust oder das Herz, es ihm nachzumachen? Und verliert der Bräutigam, wenn's nicht ein Herodes Magnus an Eifersucht ist, auch nur ein Haar von seinem Glück dabei? Wird ihm dasselbe nicht vielmehr dadurch desto empfindbarer und rührender, da er seinen Nebenbuhler durch dessen Verlust so unwiederbringlich elend sieht? – Aber nun Lottens Mitleiden? »Ich liebe herzlich und verlange herzliche Gegenliebe.« Worin hatte sich Lotte vergangen? Albert verstieß gegen die erste Pflicht aller echten Liebe, wider das Zutrauen zu seiner Frauen Tugend und Zärtlichkeit für ihn, ohne daß sie im mindesten sich an seinem Kaltsinn im Worte und im Bezeigen zu rächen suchte. O Herr Albert aus Berlin! Wenn Sie nicht imstande waren zu fühlen, was der stumme Ausdruck ehelicher Treu und eines zarten aufgebrachten Gewissens sagen wollte, da Lotte nach der verstohlnen und doch unschuldigen Zusammenkunft mit Werthern mit ihrer Arbeit auf Ihre Stube kam und an Ihrer Seite zitterte, vielleicht Ihrer itzo nicht mehr wert zu sein – o Herr Berliner Albert! so verdienten Sie nimmer eine Lotte zu besitzen.

Die scheinbare Großmut, mit der ein Liebhaber seinem Freunde seine Geliebte abtritt, wie man ein Paar Handschuhe auszieht, ist mir von jeher wie ein Schlag ins Gesicht gewesen. Wissen die Herren, was es heißt, lieben? Und daß eine Geliebte abtreten schwerer ist als sich das Leben nehmen? Nur ein Albert aus Berlin konnte das, und das ganz gelassen. Aber der Henker glaub' ihm, daß er herzlich geliebt habe.

Wer erfahren hat, was die beiden Namen sagen wollen; Freund und Geliebte, der wird keinen Augenblick anstehen, seinen Freund, für den er übrigens das Leben geben könnte, seiner Geliebten nachzusetzen. Wer das nicht tut, hat weder ein Herz für den Freund noch für die Geliebte. So läßt sich begreifen, warum Albert Lotten nie verlieren konnte, da er das erste Recht auf sie hatte, oder er müßte ein Berliner Albert gewesen sein. So läßt sich begreifen, warum Albert nie so lächerlich und kauderwelsch eifersüchtig auf Werthern sein konnte, weil es Lottens und sein Freund war. – Albert aus Berlin, gehe hin in Frieden!

Goethe und Schiller Briefwechsel
Schiller an Goethe am 1. November 1795:

Wir leben jetzt recht in den Zeiten der Fehde. Es ist eine wahre *ecclesia militans* – die Horen meine ich. Außer den Völkern, die Herr Jakob in Halle kommandiert und die Herr Manso in der Bibliothek d(er) S(chönen) W(issenschaften) hat ausrücken lassen, und außer Wolfs schwerer Kavallerie haben wir auch nächstens vom Berliner Nicolai einen derben Angriff zu erwarten. Im Xten Teil seiner Reisen soll er fast von nichts als von den Horen handeln und über die Anwendungen Kantischer Philosophie herfallen, wobei er alles unbesehen, das Gute wie das Horrible, was diese Philosophie ausgeheckt, in einen Topf werfen soll. Es läßt sich wohl noch davon reden, ob man überall nur auf diese Platitüden antworten soll. Ich möchte noch lieber etwas ausdenken, wie man seine Gleichgültigkeit dagegen recht anschaulich zu erkennen geben kann. Nicolain sollten wir aber doch schon von nun an, in Text und Noten, und wo Gelegenheit sich zeigt, mit einer recht insignen Geringschätzung behandeln.

Schiller an Goethe am 29. November 1795:

Der Rest des Aufsatzes, der jetzt erst fertig geworden und die Idylle abhandelt, ist noch nicht kopiert. Sie erhalten ihn morgen oder übermorgen. Ein Nachtrag zu dem Aufsatz kommt unter der Aufschrift: »Über Platitüde und Überspannung«

(die zwei Klippen des Naiven und Sentimentalen) im Januar. Hier habe ich Lust, eine kleine Hasenjagd in unserer Literatur anzustellen und besonders etliche gute Freunde, wie Nicolai und Konsorten, zu regalieren.

Schiller an Goethe am 29. Dezember 1795:

Der Gedanke mit den »Xenien« ist prächtig und muß ausgeführt werden. Die Sie mir heute schickten, haben mich sehr ergötzt, besonders die Götter und Göttinnen darunter. Solche Titel begünstigen einen guten Einfall gleich besser. Ich denke aber, wenn wir das Hundert voll machen, werden wir auch über einzelne Werke herfallen müssen, und welcher reichliche Stoff findet sich da! Sobald wir uns nur selbst nicht ganz schonen, können wir Heiliges und Profanes angreifen. Welchen Stoff bietet uns nicht die Stolbergische Sippschaft, Racknitz, Ramdohr, die metaphysische Welt, mit ihren Ichs und Nicht–Ichs, Freund Nicolai, unser geschworener Feind, die Leipziger Geschmacksherberge, Thümmel, Göschen als sein Stallmeister, u.d.gl.dar!

Schiller an Goethe am 28. Oktober 1796:

Humboldts waren noch in den letzten Tagen, als unser Almanach dahin kam, in Berlin. Er soll gewaltiges Aufsehen gemacht haben. Nicolai nennt ihn den Furien-Almanach. Zöllner und Biester sollen ganz entzückt darüber sein. (Sie sehen, daß es uns mit Biestern gelungen ist.) Dieser findet die »Xenien« noch viel zu mäßig geschrieben.

Schiller an Goethe am 10. Februar 1797:

Von Nicolai in Berlin ist ein Buch gegen die »Xenien« erschienen, ich hab' es aber noch nicht zu Gesichte bekommen.

Goethe an Schiller am 11. Februar 1797:

Dem verwünschten Nicolai konnte nichts erwünschter sein, als daß er nur wieder einmal angegriffen wurde, bei ihm ist immer *bonus odor ex re qualibet,* und das Geld, das ihm der Band einbringt, ist ihm gar nicht zuwider. Überhaupt können die Herrn uns sämtlich Dank wissen, daß wir ihnen Gelegenheit geben, einige Bogen zu füllen und sich bezahlen zu lassen, ohne großen Aufwand von produktiver Kraft.

(Briefwechsel zwischen Schiller und Goethe in den Jahren 1794 – 1800). Hrsg. von Philipp Stein. Band I. Leipzig o. J.)

Goethe und Schiller Xenien

Einführung

Fort jetzt ihr Musen! Fort Poesie! Du Göttin des Mark-
tes,
Deutliche Prosa, empfang deutlich den deutlichen Gast.

Nicolai

Nicolai reiset noch immer, noch lang' wird er reisen,
Aber ins Land der Vernunft findet er nimmer den Weg.

Der Wichtige

Seine Meinung sagt er von seinem Jahrhundert, er sagt
sie,
Nochmals sagt er sie laut, hat sie gesagt, und geht ab.

Polyphem auf Reisen

Bücher und Menschen verschluckt und ganze Provin-
zen der Unflat,
Aber wie roh er sie fraß, lehret das Reisegefäß.

Buchhändler-Gewerbe

Meine Reis' ist ein Faden, an dem ich drei Lustra die
Deutschen
Nützlich führe, so wie formlos die Form mirs gebeut.

Die zwei Sinne

Fein genug ist dein Gehör, auf Anekdoten zu horchen,
Aber die Farben laß, Blinder, uns andere sehn.

Formalphilosophie

Allen Formen macht er den Krieg, er weiß wohl, zeitlebens
Hat er mit Müh und Not Stoff nur zusammengeschleppt.

Der Todfeind

Willst du alles vertilgen, was deiner Natur nicht gemäß
ist,
Nicolai, zuerst schwöre dem Schönen den Tod!

Das Kennzeichen

Was den konfusen Kopf so ganz besonders bezeichnet
Ist, daß er alles verfolgt, was zur Gestalt sich erhebt.

Philosophische Querköpfe

Querkopf! schreiet
ergrimmt in unsere Wälder Herr Nickel,
Leerkopf! schallt es darauf lustig zum Walde heraus.

Empirischer Querkopf

Armer empirischer Teufel! du kennst nicht
einmal das Dumme
In dir selber, es ist ach! a priori so dumm.

Der Quellenforscher

Nicolai entdeckt die Quellen der Donau! Welch Wunder!
Sieht er gewöhnlich doch sich nach der Quelle
nicht um.

Derselbe

Nichts kann er leiden was groß ist und mächtig, drum,
herrliche Donau,
Spürt dir der Häscher solange nach, bis er seicht dich
ertappt.

N. Reisen XI. Band S.177

A propos Tübingen! Dort sind Mädchen, die tragen die
Zöpfe
Lang geflochten, auch dort gibt man die Horen heraus.

Polizeitrost

Gutes Jena, dich wäscht die Leutra zweimal die Woche.
Leutra, nimm nur den Kot gleich auch des Kritikers
mit.

Der bunte Stil

Die französischen Bonmots besonders, sie nehmen sich
herrlich
Zwischen dem deutschen Gemisch alberner Albernheit
aus.

Der Glückliche

Sehen möcht ich dich, Nickel, wenn du ein Späßchen
erhaschest,
Und, von dem Fund entzückt, drauf dich im Spiegel
besiehst.

Überfluß und Mangel

Manches Seelenregister enthalten die Bände, doch
wahrlich
Was die Seele betrifft, diese vermißt man durchaus.

Verkehrte Wirkung

Rührt sonst einen der Schlag, so stockt die Zunge gewöhnlich,
Dieser, solange gelähmt, schwatzt nur geläufiger fort.

Keine Rettung

Lobt ihn, er schmiert ein Buch euch zu loben, verfolgt ihn, er schmiert eins
Euch zu schelten, er schmiert, was ihr auch treibet, ein Buch.

Pfahl im Fleisch

Nenne Lessing nur nicht, der Gute hat vieles gelitten
Und in des Märtyrers Kranz warst du ein schrecklicher Dorn.

Derselbe

Nahe warst du dem Edeln und bliebst doch der Alberne? Näher
War ihm der Stuhl, wo er saß, aber er blieb nur ein Stuhl.

Verdienst

Hast du auch wenig genug verdient um die Bildung der Deutschen, Fritz Nicolai, sehr viel hast du dabei doch verdient.

Die Horen an Nicolai

Unsre Reihen störtest du gern, doch werden wir wandeln,
Und du tappe denn auch, plumper Geselle, so fort!

Fichte und Er

Freilich tauchet der Mann kühn in die Tiefe des Meeres,
Wenn du, auf leichtem Kahn, schwankest und Heringe
fängst.

Briefe über ästhetische Bildung

Dunkel sind sie zuweilen, vielleicht mit Unrecht, o Nickel!
Aber die Deutlichkeit ist wahrlich nicht Tugend an dir.

Modephilosophie

Lächerlichster, du nennst das Mode, wenn immer von
neuem
Sich der menschliche Geist ernstlich nach Bildung be-
strebt.

Das grobe Organ

Was du mit Händen nicht greifst, das scheint dir Blinden ein Unding,
Und betastest du was, gleich ist das Ding auch be-
schmutzt.

Der Lastträger

Weil du so vieles geschleppt und schleppst und
schleppen wirst, meinst du,
Was sich selber bewegt, könne vor dir nichts bestehn.

Die Weidtasche

Reget sich was, gleich schießt der Jäger, ihm scheinet
die Schöpfung,
Wie lebendig sie ist, nur für den Schnappsack gemacht.

Das Unentbehrliche

Könnte Menschenverstand doch ohne Vernunft nur be-
stehen,
Nickel hätte fürwahr menschlichsten Menschenverstand.

Apolog

Hast du jemals den Schwank vom Fuchs und vom Kra-
nich gelesen?
Etwas ähnliches, Freund, hab ich vor kurzem erlebt.

Der Kranich beim Fuchse

Den philosoph'schen Verstand lud einst der Gemeine
zu Tische,
Schüsseln sehr breit und flach setzt er dem Hungrigen
vor.

Was geschah?

Hungrig verließ die Tafel der Gast. Nur dürftige Biß-
lein
Faßte der Schnabel, der Wirt schluckte die Speisen allein.

Der Fuchs beim Kranich

Den gemeinen Verstand lud nun der andre zu Tische,
Einen enghalsigen Krug setzt er dem Durstigen vor

Was geschah?

Trink nun, Bester! so rief er, und mächtig schlürfte der
Langhals,
Aber vergebens am Rand schnuppert das tierische
Maul.

Die Xenien

Was uns ärgert, du gibst mit langen entsetzlichen Noten
Uns auch wieder heraus unter der Reiserubrik.

Dem Buchhändler

Was uns belustigt, du mußt uns aus eigenem Laden
verkaufen,   ·
Und für ein Dritteil Rabatt stellst du an Pranger dich
selbst!

Lucri bonus odor

Gröblich haben wir dich behandelt, das brauche zum
Vorteil
Und im zwölften Band schilt uns, da gibt es ein Blatt.

Geschichte des dicken Mannes

(Man sehe die Rezension davon in der Neuen Deutschen Bibliothek)

Dieses Werk ist durchaus nicht in Gesellschaft zu lesen,
Da es, wie Rezensent rühmet, die Blähungen treibt.

Literaturbriefe

Auch Nicolai schrieb an dem trefflichen Werk? Ich wills
glauben,
Mancher Gemeinplatz auch steht in dem trefflichen
Werk.

Anekdoten von Friedrich II

Von dem unsterblichen Friedrich, dem Einzigen, handelt in diesen
Blättern der zehenmalzehntausendst sterbliche Fritz.

Nicolais Romane

Kennt ihr im Reinecke Fuchs die appetitliche Höhle?
Just so kommt er mir vor unter den Kindern des Geists.

Allgemeine Deutsche Bibliothek

Zehnmal gelesne Gedanken auf zehnmal bedrucktem
Papiere,
Auf zerriebenem Blei stumpfer und bleiernder Witz.

Acheronta movebo

Hölle, jetzt nimm dich in acht, es kommt ein Reisebe-
schreiber,
Und die Publizität deckt auch den Acheron auf.

Der Höllenhund

»Scheusal! Was bellst du?« Mein Herr, es sind unserer
zwei, die da bellen,
Spitz Nicolai versieht oben, ich unten das Amt.

Der junge Werther

Worauf lauerst du hier? »Ich erwarte den dummen Gesellen,
Der sich so abgeschmackt über mein Leiden *gefreut*.«

Nicolai

Zur Aufklärung der Deutschen hast du mit Lessing
und Moses
Mitgewirkt? Ja, du hast ihnen die Lichter geschneuzt.

Nicolai auf Reisen

Schreiben wollt er und leer war der Kopf, da besah er
sich Deutschland
Leer kam der Kopf zurück, aber das Buch war gefüllt.

Abschied von Nicolai

Unerschöpflich wie deine Plattheit ist meine Satyre,
Doch für das laufende Jahr nimm mit dem Hundert
vorlieb.

*(Xenien 1796. Nach den Handschriften hrsg. von Erich Schmidt und
Bernhard Suphan. Weimar 1893)*

Johann Wolfgang Goethe: Dichtung und Wahrheit

Die Freuden des jungen Werther, mit welchen Nicolai sich hervortat, gaben uns zu mancherlei Scherzen Gelegenheit. Dieser übrigens brave, verdienst- und kenntnisreiche Mann hatte schon angefangen, alles niederzuhalten und zu beseitigen, was nicht zu seiner Sinnesart paßte, die er, geistig sehr beschränkt, für die echte und einzige hielt. Auch gegen mich mußte er sich sogleich versuchen, und jene Broschüre kam uns bald in die Hände. Die höchst zarte Vignette von Chodowiecki machte mir viel Vergnügen; wie ich denn diesen Künstler über die Maßen verehrte. Das Machwerk selbst war aus der rohen Hausleinwand zugeschnitten, welche recht derb zu bereiten der Menschenverstand in seinem Familienkreise sich viel zu schaffen macht. Ohne Gefühl, daß hier nichts zu vermitteln sei, daß Werthers Jugendblüte schon von vornherein als vom tödlichen Wurm gestochen erscheine, läßt der Verfasser meine Behandlung bis Seite 214 gelten, und als der wüste Mensch sich zum tödlichen Schritte vorbereitet, weiß der einsichtige psychische Arzt seinem Patienten eine mit Hühnerblut geladene Pistole unterzuschieben, woraus denn ein schmutziger Spektakel, aber glücklicherweise kein Unheil hervorgeht. Lotte wird Werthers Gattin, und die ganze Sache endigt sich zu jedermanns Zufriedenheit. Soviel wüßte ich mich davon zu erinnern: denn es ist mir nie wieder unter die Augen gekommen. Die Vignette hatte ich ausgeschnitten und unter meine liebsten Kupfer gelegt. Dann verfaßte ich, zur stillen und unverfänglichen Rache, ein kleines Spottgedicht, Nicolai auf Werthers Grabe, welches sich jedoch nicht mitteilen läßt. Auch die Lust, alles zu dramatisieren, ward bei dieser Gelegenheit abermals rege. Ich schrieb einen prosaischen Dialog zwischen Lotte und Werther, der ziemlich neckisch ausfiel. Werther beschwert sich bitterlich, daß die Erlösung durch Hühnerblut so schlecht abgelaufen. Er ist zwar am Leben geblieben, hat sich aber die Augen ausgeschossen. Nun ist er in Verzweiflung, ihr Gatte zu sein und sie nicht sehen zu können, da ihm der Anblick ihres Gesamtwesens fast lieber wäre als die süßen Einzelheiten, deren er sich durchs Gefühl versichern darf. Lotten, wie man sie kennt, ist mit einem blinden Manne auch nicht sonderlich geholfen, und so findet sich Gelegenheit, Nicolais Beginnen höchlich zu schelten, daß er sich ganz unberufen in fremde Angelegenheiten mische. Das ganze war mit gutem Humor geschrieben und schilderte mit freier Vorahnung jenes unglückliche dünkelhafte Bestreben Nicolais, sich mit Dingen zu befassen, denen er nicht gewachsen war, wodurch er sich und andern in der Folge viel Verdruß machte und darüber zuletzt, bei so entschiedenen Verdiensten, seine literarische Achtung völlig verlor. Das Originalblatt dieses Scherzes ist niemals abgeschrieben worden und seit vielen Jahren verstoben. Ich hatte für die kleine Produktion eine besondere Vorliebe. Die reine heiße Neigung der beiden jungen Personen war durch die komisch tragische Lage, in die sie sich versetzt fanden, mehr erhöht als geschwächt. Die größte Zärtlichkeit waltete durchaus, und auch der Gegner war nicht bitter, nur humoristisch behandelt. Nicht ganz so höflich ließ ich das Büchlein selber sprechen, welches, einen alten Reim nachahmend, sich also ausdrückte:

> Mag jener dünkelhafte Mann
> Mich als gefährlich preisen;
> Der Plumpe, der nicht schwimmen kann,
> Er wills dem Wasser verweisen!
> Was schiert mich der Berliner Bann,
> Geschmäcklerpfaffenwesen!
> Und wer mich nicht verstehen kann,
> Der lerne besser lesen.

(Goethe: Dichtung und Wahrheit. Berliner Ausgabe, Bd. 13, Berlin und Weimar 1978)

Freuden des jungen Werthers

> Ein junger Mensch, ich weiß nicht, wie,
> Starb einst an der Hypochondrie
> Und ward dann auch begraben.
> Da kam ein schöner Geist herbei,
> Der hatte seinen Stuhlgang frei,
> Wie's denn so Leute haben.
> Der setzt notdürftig sich aufs Grab
> Und legte da sein Häuflein ab,
> Beschaute freundlich seinen Dreck,

Ging wohl eratmet wieder weg
Und sprach zu sich bedächtiglich:
»Der gute Mensch, wie hat er sich verdorben!
Hätt' er geschissen so wie ich,
Er wäre nicht gestorben!«

Verschiedenes

Stoßgebet

Vor Werthers Leiden,
Mehr noch vor seinen Freuden
Bewahr' uns, lieber Herre Gott!

(Goethe: Berliner Ausgabe, Bd. 2, Berlin und Weimar 1973)

Friedrich Schleiermacher an Henriette Herz am 12. April 1799

Denken Sie, auch die E(leonore) hat schon von der Unanständigkeit der »Lucinde« reden hören, wahrscheinlich durch Parthey und Nicolai; wie weit das schon verbreitet ist! Ich habe sie letzthin förmlich eingeladen, meine »Reden« nicht zu lesen; ich fühle, sie seien dunkel, und es würde sie fast niemand verstehen, mit dem ich nicht sonst aus der Sache gesprochen hätte. Nun schreibt sie ihrer Mutter, sie habe gehört, Schlegels »Lucinde« sei gar so natürlich, daß eine sittliche Frau sie nicht lesen könne, und so seien ihr zum Unglück die Bücher der beiden Freunde verboten, das eine, weil es ihr zu hoch, und das andre, weil es zu natürlich sei. Auch habe ich heute Nicolais »Briefe der Adelheid« durchblättert, was ich wohl hätte bleiben lassen sollen; ich hätte die schöne Zeit für die »Religion« brauchen können, von der ich erst eine Seite gemacht habe. Das ist einmal wieder ein schlechtes Buch. Und welche Dummheit und zugleich auch Perfidie, Dinge, die in den »Fragmenten« stehen, einem Menschen in der Konversation in den Mund zu legen und einen vis-á-vis von seiner Geliebten wörtlich aus dem Fichte und Kant sprechen zu lassen. Das naivste ist, daß die Adelheid schreibt: Wer wohl der Fichte sein mag, von dem er sprach? Dann kam auch noch ein gestiefelter Kater vor, der auf den Dächern der dramatischen Kunst herumspaziert, ob das wohl derselbe ist? Das mag Nicolais Theorie von der Wirklichkeit sein, daß eine Frau so zuhören muß. Ein paarmal sind Fragmente von mir zitiert, da habe ich unaussprechlich gelacht.

(Schleiermacher als Mensch. Sein Werden. Familien- und Freundesbriefe 1783 bis 1804. Herausgegeben von Heinrich Meisner. Gotha: Perthes 1922)

Ludwig Tieck
Prinz Zerbino oder die Reise nach dem guten Geschmack

Ein deutsches Lustspiel in sechs Aufzügen.

Die Göttin tritt herein

Göttin: Wer bist du?

Nestor: Ich? Aufzuwarten, ein Reisender, im gegenwärtigen Augenblicke halb unsinnig, weil ich nicht weiß, ob ich verraten oder verkauft bin.

Göttin: Gefällt es dir so wenig im Garten der Poesie?

Nestor: Mit Eurer Erlaubnis, daß ich ein wenig zweifeln darf. Poesie? Der Garten der Poesie? Hm! Ihr wollt meinen Geschmack und gesunden Menschenverstand wohl um ein wenig auf die Probe stellen.

Göttin: Wie das?

Nestor: Die Poesie müßte nach meinem Bedünken, nach meinen schwachen Einsichten wohl eine etwas andere Gestalt haben. Das ist ja gleichsam hier wie in einem Narrenhause.

Göttin: Ergötzen Euch denn diese Blumen nicht?

Nestor: Nein, wahrhaftig nicht, denn ich sehe zu gut ein, daß es gar keine Blumen sind.

Göttin: Wie könnt Ihr diesen irr'gen Glauben hegen?

Nestor: Weil ich in meinem Leben schon gar zu viele Blumen gesehen habe. Ja, wenn ich nicht die erstaunliche Erfahrung hätte, so könnte ich mir vielleicht eher eine Nase drehen lassen. Meine Eltern haben ja selbst einen Garten hinter dem Hause gehabt, und da habe ich die Blumen selber oft gepflanzt und an die Stöcke gebunden.

Göttin: Wofür erkennt Ihr aber diese Pflanzen?

Nestor: Ich erkenne sie für Narren, denn etwas anders können sie auch wohl schwerlich sein, ehrliche Blumen sind sie wenigstens nicht. Seht Sie doch nur an, sie scheinen ja wahre Ungeheuer. Nein, ich muß die Ehre haben, Euch zu sagen, das Wesentliche an einer Blume ist eine gewisse Kleinheit und Niedlichkeit. Und dann nicht solche übertriebene Menge; ich mag sonst wohl Blumen, und sie geben uns eine gewisse Erquickung und Ergötzlichkeit, aber das muß sich mit diesen Dingen in Schranken halten und beileibe nicht so ins Exzentrische gehen.

Göttin: Ihr vergeßt, daß dies die wahren Blumen sind,
Die Blüt, die in Blüte steht; die Erde
Kennt nur den schwachen
Schatten dieser Herrlichkeit.

Nestor: Nun ja, das ist die rechte Höhe, so machen es diese Idealisten immer; wenn man an ihre Hirngespinste nicht glauben will, so wollen sie einem gar weismachen, daß dies die rechte und wahre Art sei, wie eigentlich alles übrige in der Welt sein müsse. Und wenn ich auch alles andere vertragen könnte, so ist mir das ewige Singen und Sprechen dieser Dinge äußerst fatal.

Göttin: Haben Euch die Blumen sonst nie angesungen?

Nestor: Ha! ha! für wen seht Ihr mich denn an? Die Blumen sollten gut angekommen sein, die sich dergleichen Ungezogenheiten unterfangen hätten.

Göttin: Was macht Ihr aber eigentlich in der Welt?

Nestor: Ich stelle einen Märtyrer vor; ich gehe für die allgemeine Wohlfahrt zugrunde ...

Die Dichter treten herein ...

Nestor: Wie heißt denn der finstre alte Murrkopf hier?

Göttin: Bescheidner sprich, es ist der große Dante!

Nestor: Dante? Dante? Ach, jetzt besinn' ich mich, er hat so eine Komödie, gleichsam ein Gedicht über die Hölle geschrieben ... Nun, damals, will ich nur sagen, war es erstaunlich leicht, ein Dichter zu sein, weil, wie ich gelesen habe, vor Euch in neuerer Zeit eben keine Poeten existiert hatten; darum müßt Ihr nur Euer Glück anerkennen; denn im Grunde wäre doch jeder andre damals ebenso wie Ihr berühmt und bewundert worden.

Dante: Es hätte also nur an Dir gelegen, nur an der Zeit, die dich ans Licht geworfen in jenem früheren Jahrhundert, und Du hättest auch wie ich die Welt erstaunt?

Nestor: Natürlich, ja, was noch mehr ist, ich denke es sogar in unserm Zeitalter, wo es doch tausendmal schwerer ist, dahin zu bringen. Erst fang' ich so sachte, sachte mit Abhandlungen für Monatsschriften an, in denen ich meinen aufgeklärten Kopf entdecke und irgendeinen Schwärmer oder Pietisten ganz artig und sauber in seiner Blöße darstelle; dann schreibe ich gegen Gespenster, dann einen Roman gegen Euch und alles, was mir nicht in den Kopf will; dann lass' ich mir merken, daß mir im Grunde gar nichts in der Welt recht ist, bis ich am Ende immer höher, immer höher komme, anfange zu rumorieren und zu ennuyieren, was man nur leisten kann, bis mich die Leute endlich aus Langerweile für den ersten Menschen in der Welt halten. – Aber dergleichen Zeug wie Eure sogenannte Komödie hätte ich doch auch meiner Seele nicht in jenem unaufgeklärten Zeitalter geschrieben. Hölle und Paradies! Und alles so umständlich, wie ich mir habe sagen lassen. Fi! schämt Euch, ein alter erwachsener Mann, und solche Kinderpossen in den Tag hinein zu dichten!

(Ludwig Tiecks Schriften. 10. Band. Berlin 1828)

Ludwig Tieck
Das Jüngste Gericht.

Eine Vision (1800)

... Das jüngste Gericht war indessen schon angefangen, und Nicolai war trotz seiner Bildung auf zweitausend Jahre verurteilt, von den Teufeln immer Spaß anzuhören, ohne ein Wort zu sprechen. Er hatte alles für Phantasma und übertriebene Einbildungskraft erklärt und sich unvermerkt Blutigel angesetzt, um sich die ungehörige Poesie absaugen zu lassen; so stand er vor Gericht und empfing sein Urteil, mit den Blutigeln hinten, indem er sich höflich verneigte, um seine Welt zu zeigen, die er auch noch in die jenseitige Welt hinübergebracht hatte. Sonderbar ist es, sagte er zu sich selbst, indes die Satyrn sich schon auf beißende Einfälle besannen, um ihn zu strafen, sonderbar ist es immer, daß diese Phantasmen nicht verschwinden, ohngeachtet die Feinde alles Exzentrischen ganz lieblich saugen, und satyrisch ist es von den Bestien, daß sie mich loslassen, sowie sie nur irgend Salz wittern. Diese meine Erscheinung vom Jüngsten Tage muß ich aber sogleich meinem Freunde Biester mitteilen; es soll in die Berlinische Monatsschrift kommen, und zwar mit der Bemerkung, daß, so wie ich mit dem Jahrhundert fortschreite, die Blutigel im Gegenteil zurückgehen, ihre Kraft verlieren und selber an Gespenster zu glauben scheinen. – Einige Satyrn führten ihn hierauf fort, um ihn in seinen künftigen Wohnort zu bringen ...

Indem entstand ein großes Geschrei, denn einige Teufel kamen wieder hervor und baten, den gebildeten Nicolai lieber in den Himmel oder anderswo aufzunehmen, denn er sei so übermäßig langweilig und könne durchaus nicht schweigen, so daß es kein Teufel bei ihm aushalten könne und das höllische Feuer selber auszugehen drohe. Die unendliche Barmherzigkeit ward gerührt und er selbst verurteilt, in die Nichtigkeit sich zu begeben, in ein Tal, das zwischen Leben und Tod liegt, das weder Himmel noch Hölle ist, das, genaugenommen, gar nicht existiert. Er ging mit Freuden hin und sagte, er wolle es sich dort wohl sein lassen, denn es sei sein altes Vaterland, was ihm bei der Auferstehung am meisten leid getan habe, es zu verlassen. Überhaupt, fuhr die Stimme des Richters fort, wollen wir die edle Ewigkeit nicht länger damit verderben, über solche Kreaturen zu urteilen, die nie dagewesen sind und um die ich niemals gewußt habe; laßt alle diese Gesellen dorthin abtreten, denn sie taugen so wenig für die Hölle wie für den Himmel; wir können die Seligkeit und auch die höllischen Flammen besser brauchen.

(Ludwig Tiecks Schriften. 9. Band. Berlin 1828)

Goethe
Faust. Erster Teil (Walpurgisnacht)

Proktophantasmist.
Verfluchtes   Volk!   was   untersteht   ihr   euch?

Hat man euch lange nicht bewiesen:
Ein Geist steht nie auf ordentlichen Füßen?
Nun tanzt ihr gar, uns andern Menschen gleich!

Die Schöne*(tanzend)*.
Was will denn der auf unserm Ball?

Faust*(tanzend)*. Ei!
der ist eben überall.
Was andre tanzen, muß er schätzen.
Kann er nicht jeden Schritt beschwätzen,
So ist der Schritt so gut als nicht geschehn.
Am meisten ärgert ihn, sobald wir vorwärtsgehn.
Wenn ihr euch so im Kreise drehen wolltet,
Wie er's in seiner alten Mühle tut,
Das hieß' er allenfalls noch gut;
Besonders wenn ihr ihn darum begrüßen solltet.

Proktophantasmist.
Ihr seid noch immer da! Nein, das ist unerhört.
Verschwindet doch! Wir haben ja aufgeklärt!
Das Teufelspack, es fragt nach keiner Regel.
Wir sind so klug, und dennoch spukt's in Tegel.
Wie lange hab' ich nicht am Wahn hinausgekehrt,
Und nie wird's rein; das ist doch unerhört!

Die Schöne.
So hört doch auf, uns
hier zu ennuyieren!

Proktophantasmist.
Ich sag's euch Geistern ins Gesicht,
Den Geistesdespotismus
leid' ich nicht;
Mein Geist kann ihn nicht exerzieren.
(Es wird fortgetanzt.)
Heut', seh' ich, will mir nichts gelingen;
Doch eine Reife nehm' ich immer mit
Und hoffe noch, vor meinen letzten Schritt,
Die Teufel und die Dichter zu bezwingen.

Mephistopheles.

Er wird sich gleich in eine Pfütze setzen,
Das ist die Art, wie er sich soulagiert,
Und wenn Blutegel sich an seinem Steiß ergetzen,
Ist er von Geistern und von Geist kuriert.

(Goethe: Berliner Ausgabe, Band 8. Berlin und Weimar 1972)

Johann Gottlieb Fichte: Friedrich Nicolais Leben und sonderbare Meinungen

Ein Beitrag zur Literaturgeschichte des vergangenen und zur Pädagogik des angehenden Jahrhunderts. Herausgegeben von August Wilhelm Schlegel (von dem auch die Anmerkungen stammen)

Erstes Kapitel.

Höchster Grundsatz, von welchem alle Geistesoperationen unsers Helden ausgegangen sind.

Unser Held war seit seinen reifen Jahren der festen Meinung, daß alles mögliche menschliche Wissen in seinem Gemüte umfaßt, erschöpft und aufbewahrt sei, daß sein Urteil über die Ansicht, die Behandlung, den Inhalt und den Wert aller Wissenschaft untrüglich und unfehlbar sei und dem Urteile aller ändern vernünftigen Wesen zur Richtschnur und zum Kriterium ihrer eignen Vernünftigkeit dienen müsse; mit einem Worte, daß er alles, was in irgendeinem Fache richtig und nützlich sei, gedacht habe, und alles dasjenige unrichtig und unnütz sei, was er nicht gedacht hätte oder nicht denken würde.

Diese Meinung setzte ihn nicht nur vor sich selbst über alle Zweifel, alle spätere Untersuchung und alle Besorgnis hinweg, daß er sich doch etwa über dieses oder jenes im Irrtume befinden möchte, sondern er war noch überdies von allen andern Menschen ebenso fest überzeugt und mutete es ihnen an, daß sie über alle Zweifel hinaus sein müßten, sobald sie nur recht wüßten, wie er selbst eine Sache fände. Alle seine Widerlegungen gingen von dem Hauptsatze aus: Ich bin andrer Meinung: Daher er denn zu diesem Hauptgrunde noch andre Nebengründe hinzuzufügen gewöhnlich unterließ. Die Gegner, glaubte er, könnten schon daraus sattsam ersehen, daß sie unrecht hätten. Bei allen Verweisen und Züchtigungen, die er in seinen spätern Jahren an das außer der Art schlagende Zeitalter ergehen zu lassen genötigt wurde, hob er nur immer davon an, daß er zeigte, man habe nicht nach seinem Rate gehandelt; dies allein, glaubte er, würde sie schon dahin bringen, daß sie sich schämten und in sich gingen.

In dieser Voraussetzung ließ er sich denn auch durch keinen noch so sonderbaren Vorfall, der sich etwa ereignen mochte, irremachen. Sogar wenn ihm, wie dies in seinem spätem Alter häufig begegnete, von allen Seiten her einmütig zugerufen wurde: er werde wohl selbst eines Urteils über gewisse Dinge sich bescheiden, oder auch: er sei ein geborner Dummkopf, ein Salbader, ein alter Geck und was man noch alles für Freiheiten sich mit ihm herausnahm, mochte er doch immer lieber voraussetzen, man sage dies bloß aus Schalkheit und um sich für die empfangenen Züchtigungen zu rächen, als daß er irgendeinem Menschen die Verkehrtheit zugetraut hätte, daß er fähig wäre, in allem Ernste und im Herzen einen Nicolai nicht anzuerkennen.

Diese Meinung von ihm selbst war ihm nach und nach so zur fixen Idee geworden, hatte sich so mit seinem Selbst verwebt und war selbst zu seinem innersten eigensten Selbst geworden, daß man keine Spur hat, er habe dieselbe je deutlich in sich wahrgenommen und sie zum bestimmten Bewußtsein erhoben. Er räsonierte, urteilte, richtete von ihr aus, als seinem einzig möglichen Standpunkte, niemals über sie. Er starb daher alt und lebenssatt, ohne je mit seinem Denken auch nur in sich selbst zu Ende gekommen zu sein.

Zweites Kapitel.

Wie unser Held zu diesem sonderbaren höchsten Grundsatze gekommen sein möge.

Gleiche Ursachen bringen allenthalben die gleichen Wirkungen hervor. Nun haben die außer unserm Helden selbst liegenden Umstände, welche unsers Erachtens die beschriebne sonderbare Meinung in ihm erzeugt, sich auch bei ändern Menschen gefunden und haben auch bei ihnen in einem gewissen Grade denselben Erfolg gehabt. Aber so unerschütterlich auf jenem Prinzip beharrt, so allumfassend und so konsequent durchgeführt hat es, soviel uns bekannt ist, keiner außer unserm Helden; und dies eben ist es, was ihm die Ehre erwirbt, als Muster seiner Gattung aufgestellt und der Nachwelt überliefert zu werden. Es muß sonach bei ihm zu jenen anzuführenden äußern Umständen der Entwickelung jenes Prinzips noch eine vorzügliche innere Empfänglichkeit seiner Natur dafür hinzugekommen sein. Zum größten Glücke für die Menschheit hat unser Held selbst – denn warum sollte ich nicht ebensowohl wie Klopstock in seiner Zueignungsschrift vor Herrmanns Schlacht als schon geschehen ankündigen, was geschehen wird, und weit sicherer geschehen wird, als das durch Klopstock Verkündigte geschehen konnte –, er selbst hat, nachdem im Jahre 1803 sein letzter Feind, der transzendentale Idealismus, ausgetilgt und die »ADB« wiederum gehörig in den Gang gebracht war, seine glorreich errungene Muße dazu angewendet, die Geschichte seiner Bildung bis in seine Knaben- und Kindesjahre und bis zu seiner Wiege zurückzuführen, hat diese Krone seiner Werke vollendet und dann seinen Geist dem Himmel wiedergegeben. In den ersten drei Bänden dieses klassischen Werks können die Leser sich unterrichten, wie der erste Schrei des Neugebornen die Schriftstellerwelt erschütterte und alle Sünder in ihr erbeben machte und wie schon seine Windeln von dem attischen Salze dufteten, das er seitdem in unsterblichen Worten ausgehaucht und angesetzt hat, so daß alle Umstehenden sich verwunderten und sprachen: Was will aus dem Kindlein werden? In den folgenden Bänden können sie finden, wie er, seitdem er sich seiner erinnern kann – und er kann sich seiner seit den frühesten Jahren erinnern –, durch seine lebhafte Phantasie, einen Trieb, zu lernen, und eine Fassungskraft weit über alle Kinder seiner Gesellschaft und seines Alters in sich verspürt, so daß er von seinen Eltern und seinen Lehrern als ein wahres Wunderkind ausgerufen worden. Aber wir überlassen den Lesern, dieses in der ausführlichen und grazienvollen Beschreibung des Helden selbst nachzulesen, und schränken uns, sowohl hier als ins künftige, auf dasjenige ein, was der berühmte Verfasser übergeht und was wir nur aus ändern Denkmälern jenes Zeitalters schöpfen können.

Ich will hier nicht untersuchen, ob es notwendig sei, daß der Übergang der Schriftstellerei einer Nation aus der gelehrten in die lebende Sprache eine Epoche des Verfalls der wahren gründlichen Gelehrsamkeit bei sich führe. Bei den Deutschen wenigstens war dies der Erfolg. Man bildete sich etwas ein darauf, endlich deutsch schreiben gelernt zu haben; man wollte, daß es auch für Deutsch anerkannt würde und bemühte sich daher, über alle Gegenstände so zu schreiben, daß denn auch in der Tat nichts weiter zum Verstehen gehöre als die Kenntnis der deutschen Sprache. Der Vortrag wurde die Hauptsache, das Vorzutragende mochte sich bequemen;

was sich nicht so sagen ließ, daß die halb schlummernde Schöne an ihrem Putztische es auch verstände, wurde eben nicht gesagt; – und da man nur, um sagen zu können, lernte, auch nicht weiter gelernt – späterhin verachtet, als elende Spitzfindigkeit und Pedanterie: Kurz, das elende Popularisieren kam an die Tagesordnung, und von nun an wurde Popularität der Maßstab des Wahren, des Nützlichen und des Wissenswürdigen.

In diese Epoche fiel unser Helden erste Bildung. Er wollte schon früh etwas bedeuten und dünkte sich schon früh etwas zu bedeuten; ohne alle klassische Gelehrsamkeit, wie er damals war, und trotz des Anscheins derselben, mit dem er späterhin sich behängte, immer blieb, mußte dieser Dünkel bei ihm um so verderblicher werden. Zu seinem Unglücke kam er in die Bekanntschaft zweier Männer, deren erster ohne Zweifel weit mehr Ernst und Reinheit der Gesinnung hatte als Nicolai, aber dieselbe Beschränktheit des Geistes, der Einsicht und des Zwecks ... Der zweite dieser Männer, in deren Bekanntschaft unser Held kam, war ein allumfassender, lebendiger, rastloser Geist und ein Charakter, für das Wahre, Rechte und Gute gebildet; nur daß er damals in der Unendlichkeit seines Wesens noch nichts Bestimmtes zu ergreifen und festzuhalten vermochte. Unser Held, der damals noch nicht alle Fähigkeit verloren hatte, eine Superiorität außer sich anzuerkennen, anerkannte die dieses gewaltigen Geistes; aber nachdem er sich mit Mühe und Not einiges Vermögen erworben hatte, mitzutreiben, womit dieser noch nicht fixierte Geist sein Spiel trieb, hielt er dieses Spielwerk für das Höchste und sich selbst für jenes Geistes gleichen.

Mit diesem Augenblicke war er vollendet und fiel. Er ist seitdem nicht weiter gekommen und nicht zur Besinnung, Später hat er sich noch für einen weit höhern Geist gehalten als jenen, den er nun für ein gutem Rate nicht folgendes, überspanntes Genie ausgab.

Unser Held hatte, mit jenen vereinigt, einen kritischen Kreuzzug getan; entscheidend gegen einige schlechte Reimer, in andern Fächern, z.B. dem der Philosophie, nicht ganz so glorreich. Sein großer Mitkämpfer wurde allmählich inne, daß dies ein schlechtes Geschäft sei und daß er es nicht in der besten Gesellschaft treibe. Er zog sich zurück, und unser Held beschloß nunmehro, die Sache in das weitere zu treiben und sich selbst, sich allein, zum Mittelpunkte der deutschen Literatur und Kunst zu konstituieren. Die »Allgemeine Deutsche Bibliothek« entstand, schon an sich ein widersinniges Unternehmen, verderblich durch die Art, wie es ausgeführt wurde, am allerverderblichsten für den Urheber selbst.

Unser Held mag von dem sehr richtigen Vordersatze ausgegangen sein: Der Redakteur eines die ganze Literatur und Kunst umfassenden periodischen Werks muß selbst die ganze Literatur und Kunst umfassen; muß, und zwar in jedem besondern Fache, höher stehen und alles besser wissen als irgendeiner seiner Zeitgenossen. Er muß in jedem Fache die größten Meister zur Beurteilung derer, die unter ihnen sind, wählen, sie zu finden, sich zu verbinden wissen; er muß aber sogar diese größten Meister der Fächer übersehen, um ihre eingesendeten Beurteilungen zu prüfen und ersehen zu können, ob sie mit dem gewohnten Fleiße und Gründlichkeit bearbeitet sind, ob nicht etwa diese Männer sinken, ob nicht jüngere größere neben ihnen aufkommen.

Anstatt nun von diesem richtigen Vordersatze aus weiter so zu folgern: Ich wenigstens habe diese notwendigen Erfordernisse nicht an mir, und von mir wird jene Idee einer »Allgemeinen Deutschen Bibliothek« wohl unausgeführt bleiben; schloß er umgekehrt: Da ich nun jene Idee ausführen will, so muß ich annehmen und mich betragen, als ob ich alle jene Erfordernisse an mir hätte, als ob ich ein allumfassender Polyhistor und der geistreichste und geschmackvollste Mann meines Zeitalters und aller vergangenen und künftigen Zeitalter wäre; ich muß Untrüglichkeit mir kräftigst zueignen; da ein Ausführer jener Idee die größten Männer aller Fächer erkennen, wählen und mit sich verbinden muß, so muß ich den Satz umkehren und annehmen, daß diejenigen, die ich erkennen, wählen und mit mir verbinden werde, die größten Männer in ihren Fächern sind.

Es ist schwer auszumachen, ob unser Held schon damals im ganzen Ernste von sich selbst geglaubt, was er von nun an freilich gegen alle Welt behaupten und unerschütterlich voraussetzen mußte. Das wahrscheinlichste ist, daß es ihm ergangen, wie allen, die in die Lage kommen, unaufhörlich eine Aussage zu wiederholen, von der sie selbst nicht recht überzeugt sind. Am Ende glauben sie selbst an ihre Wahrheit. Für möglich könnte Nicolai jene Voraussetzung von sich immer halten; er fand nirgends außer sich eine höhere Weisheit als die seinige, indem er nur die seinige begriff, derjenigen Seelenkraft aber, die da Ahnung eines Höhern heißt, von jeher gänzlich ermangelte. Auf die Wirklichkeit dieser Voraussetzung hätte er damals vielleicht noch nicht geschworen. Aber seitdem er die Redaktion seiner »Bibliothek« ergriff, mußte er alle Stunden seines Lebens jene Meinung voraussetzen, sie behaupten, jeden Zweifel dagegen kräftigst niederschlagen und kam von dieser Arbeit nie zur ruhigen Besinnung; so daß es durchaus begreiflich wird, wie dieser Glaube diese langen Jahre hindurch sich ihm fest einverleiben und mit ihm zusammenwachsen mußte.

Das Unternehmen jener »Bibliothek« ergriff das Zeitalter. Die leichte Weisheit und die wohlfeile Gelehrsamkeit, welche durch das große Werk herbeigeführt und schnell von einem Ende Deutschlands bis zum ändern verbreitet wurden, fand Beifall. Der Geringste unter den Lesern glaubte sich selbst zu lesen; gerade so hatte er die Sache sich auch von jeher gedacht und nur nicht den Mut gehabt, es sich laut zu gestehen. Die Unmündigen erhielten die Sprache, und das gefiel ihnen. Unser Held sahe diese große Revolution, deren Stifter, die schnelle allgemeine Erleuchtung, deren Urheber er war. Warum hätte nicht der Glaube andrer an sein Werk seinen eignen Glauben an sich bestärken sollen?

Schriftsteller, denen an dem Beifalle des großen Volks gelegen war, versammelten sich um den Ausspender dieses Beifalls, gaben ihm Beiträge, ließen sich von ihm beraten und erziehen und schmeichelten auf jede Weise seiner Eitelkeit (2). Man glaubt leicht, was man wünscht; Nicolai nahm in aller Unbefangenheit alles für bare Münze, und ihm fiel nicht bei, daß diese Lobeserhebungen vielleicht nur dem Redakteur der »Allgemeinen Deutschen Bibliothek«, keineswegs aber seinen persönlichen Verdiensten gelten möchten. Jene Männer waren seinem Prinzip nach ohnehin, als Mitarbeiter an der »Bibliothek«, die ersten Köpfe der Nation. Er fand sich sonach von den ersten Männern der Nation gelobt, anerkannt, zu ihrem Meister erhoben. Wer konnte es ihm verargen, daß er ihnen glaubte?

Und so verschmolz allmählich in seiner Seele der Begriff von deutscher Literatur und Kunst mit dem Begriffe seiner »Bibliothek«;

diese mit dem Begriffe von ihm selbst. Die »Bibliothek« wurde ihm zum Mittelpunkte des deutschen Geistes, er selbst zur innersten Seele dieses Mittelpunkts. An den Rezensionen dieser »Bibliothek« mußten alle literarische und artistische Bestrebungen der Nation und hinwiederum an seiner Einsicht – diese Rezensionen sich orientieren. Außer jener »Bibliothek« war ihm jetzt und zu ewigen Zeiten kein Heil und keine Wahrheit für die Wissenschaft und für die Bibliothek selbst kein Heil und keine Wahrheit außer ihm. Jene war seine Welt und er die Seele dieser Welt; was er erblickte, erblickte er durch jene hindurch, jene aber erblickte er durch sich hindurch. In dieser beruhigenden Stimmung lebte er und starb im frohen Glauben an die Unsterblichkeit seines Werks.

Über tredition

Eigenes Buch veröffentlichen

tredition wurde 2006 in Hamburg gegründet und hat seither mehre-re tausend Buchtitel veröffentlicht. Autoren veröffentlichen in we-nigen leichten Schritten gedruckte Bücher, e-Books und audio-Books. tredition hat das Ziel, die beste und fairste Veröffentli-chungsmöglichkeit für Autoren zu bieten.

tredition wurde mit der Erkenntnis gegründet, dass nur etwa jedes 200. bei Verlagen eingereichte Manuskript veröffentlicht wird. Da-bei hat jedes Buch seinen Markt, also seine Leser. tredition sorgt dafür, dass für jedes Buch die Leserschaft auch erreicht wird.

Im einzigartigen Literatur-Netzwerk von tredition bieten zahlreiche Literatur-Partner (das sind Lektoren, Übersetzer, Hörbuchsprecher und Illustratoren) ihre Dienstleistung an, um Manuskripte zu ver-bessern oder die Vielfalt zu erhöhen. Autoren vereinbaren direkt mit den Literatur-Partnern die Konditionen ihrer Zusammenarbeit und partizipieren gemeinsam am Erfolg des Buches.

Das gesamte Verlagsprogramm von tredition ist bei allen stationä-ren Buchhandlungen und Online-Buchhändlern wie z. B. Amazon erhältlich. e-Books stehen bei den führenden Online-Portalen (z. B. iBookstore von Apple oder Kindle von Amazon) zum Verkauf.

Einfach leicht ein Buch veröffentlichen: **www.tredition.de**

Eigene Buchreihe oder eigenen Verlag gründen

Seit 2009 bietet tredition sein Verlagskonzept auch als sogenanntes "White-Label" an. Das bedeutet, dass andere Unternehmen, Institutionen und Personen risikofrei und unkompliziert selbst zum Herausgeber von Büchern und Buchreihen unter eigener Marke werden können. tredition übernimmt dabei das komplette Herstellungs- und Distributionsrisiko.

Zahlreiche Zeitschriften-, Zeitungs- und Buchverlage, Universitäten, Forschungseinrichtungen u.v.m. nutzen diese Dienstleistung von tredition, um unter eigener Marke ohne Risiko Bücher zu verlegen.

Alle Informationen im Internet: **www.tredition.de/fuer-verlage**

tredition wurde mit mehreren Innovationspreisen ausgezeichnet, u. a. mit dem Webfuture Award und dem Innovationspreis der Buch Digitale.

tredition ist Mitglied im Börsenverein des Deutschen Buchhandels.

Dieses Werk elektronisch lesen

Dieses Werk ist Teil der Gutenberg-DE Edition DVD. Diese enthält das komplette Archiv des Projekt Gutenberg-DE. Die DVD ist im Internet erhältlich auf **http://gutenbergshop.abc.de**

Zeitfracht Medien GmbH
Ferdinand-Jühlke-Straße 7
99095 Erfurt, Deutschland
produktsicherheit@kolibri360.de